KB076163

번역 책 일러두기

1. 이 책에 나오는 사람 이름은 문화
   체육관광부 고시의 '외래어 표기법'
   을 따랐다. 지명의 한자는 생략하였
   으며, 사람이름의 한자는 밝혔다.

2. 원서의 「」, 『』는 맞춤법에 따라
   큰따옴표, 작은따옴표로 바꾸었다.
   큰따옴표와 작은따옴표가 겹쳐
   읽기 불편한 부분은 따옴표와 「」를
   함께 사용하였다.

3. 문단 구분과 줄 바꾸기는 최대한
   원문을 따랐다. 세로쓰기로 되어
   있는 원문을 가로쓰기로 바꾸는
   과정에서 일부 줄 바꾸기를
   바꾸었다.

수어로 키우고 싶어   다마다 사토미

발간사

금번에 "수어로 기르고 싶어"를 발행하게 된 것을 기쁘게 생각합니다. 지난번 미국 갤로뎃대학교 출판사의 "deaf daughter, hearing father"를 "농인 딸아이를 키우는 아버지의 육아일기"라는 이름으로 출간한 이후 2번째 번역출판의 기회를 갖게 되었습니다. 외국에 다양한 농관련 서적을 국내에 소개하고자 출판을 준비하였습니다. 문화가 다른 외국서적을 우리말로 번역하는 일은 양쪽의 문화를 이해하여야 저자가 원하는 의도대로 독자에게 전달 할 수 있기에 어려움이 있었습니다. 다른 나라의 농사회를 참조하여 좋은 농교육 환경을 조성하고 농사회의 발전과 농인들의 삶의 질이 향상되기를 바라는 마음으로 발간하고자 합니다.

정보를 접하여 습득하고 이용하는데 다른 장애보다 그 벽이 높은 농사회에서 그 차이를 극복할 수 있도록 우리사회에서 관심과 배려와 정책적 지원도 필요할 것입니다

이번 출판을 위해 한국 판권을 허락하여 주신 일본 포프라사 출판사와 저자 다마다 사토미님께 감사의 말씀을 드립니다.
또한 바쁘신 시간을 내어 번역해 주신 최영란 선생님과 감수를 맡아 주신 강남대학교 특수교육·재활연구소의 곽정란 선생님께 깊은 감사를 드립니다. 실무를 맡아주신 이정민 실장님, 디자인과 편집으로 수고해 주신 유주연 디자이너, 출판을 진행하신 라온누리 (건강과 생명) 이승훈 편집국장님께도 감사의 마음을 전

6

합니다. 그리고 이 책의 출판을 위해 재정적으로 지원하여 주신 한화손해보험에 깊이 감사를 드립니다.

저희 단체에서는 이번 출판에 이어 외국의 다양한 농관련 책을 선정하여 번역 출판하는 일을 지속적으로 하려고 합니다. 다른 나라의 견해를 소개하는 일을 통하여 농인들과 농관계 일을 하시는 모든 분들뿐만 아니라 우리나라 농사회의 발전에도 조금이나마 도움이 되었으면 합니다.

앞으로 우리나라에 농사회를 이끌어 나가는 농인지도자가 많이 배출되기를 바라며 더 나아가 국제 농사회에도 진출하여 다양한 문화교류가 이루어지기를 기대합니다.

감사합니다.

사단법인 영롱회 이사장 안일남

한국어 서문

한국의 여러분께

제가 이 책을 쓴 목적은 두 가지 입니다. 하나는 농아동의 존엄성을 지키는 것입니다. '농'은 슬픈 것도, 불행한 것도, 의학적으로 치료해야 하는 것도 아니다! 농아동을 있는 그대로 '눈으로 살아가는 아이'로 일본수어로 키운다면 듣는 아이들처럼 성장할 수 있다는 것을 알리고 싶었습니다. 다른 하나는 '꿈은 포기하지 않으면 이루어진다.' 는 것을 농아동에게 전달하고 싶었습니다.

이 책은 지금으로부터 10년 전 출판되었습니다. 지난 10년간 일본의 농아동을 둘러싼 환경은 변했지만, 본질은 아들이 안 들린다는 것을 알았던 20년 전과 거의 변하지 않았습니다.
바뀐 것은 신생아 선별 검사가 표준화되고 인공와우 수술이 일반화되어, '농인'의 말과 마음을 모르는 의사들에 의해 수어가 다시 멀어지게 된 것입니다. 딱 20년 전, 심리학과 언어학 분야의 전문가이자 저명한 연구자인 할란 레인(Harlan Lane) 씨가 저서 'The Mask of Benevolence: Disabling the Deaf Community' 제2판을 출판했습니다. 거기에 적혀 있는 '청능주의(audism)'가 인공와우라는 기계에 의해 다시 확산되고 있는 것입니다. 농아동에게서 수어를 멀어지게 해 이득을 보는 것은 누구입니까? 수어는 농아동의 음성언어 습득에 방해가 되지 않습니다. 미국과 캐나다에서는 인공와우 수술을 하기 전까지 수어로 부모와 자녀가 의사소통을 하도록 의사가 조언을 한다고 합니다. 듣는 아동은 태아 때부터 부모와 형제, 조부모 등의 목소리를 듣고 있습니다. 태어나서는 모르는 사람들의 대화와 TV 소리, 전철이나 슈퍼마켓 안의 안내 방송, ATM의 안내 등 온종일 사람의 목소리에 노출되어 '듣고 저장' 합니다. 아기가 '아~, 아~' '마마마'라는 의미 없는 소리를 내고, '맘마', '마마', '멍멍'이라고 말하기 시작하게 될 때까지 엄청난 양의 음성 입력이 있습니다. 반면, 농아동에게 입력되는 정보의 양은 제한되어 있습니다.

농아동이 한 살 때 인공와우 수술을 할 경우, 수술하기 전까지의 1년간을 어떻게 보낼 것인지를 생각해 봤으면 좋겠습니다. 농아동에게 수어는 100% 보이는 자연언어입니다. 그 수어로 주위의 어른이나 형제가 말을 많이 걸어준다면, 듣는 아동에 더 가까운 정보량을 입력할 수 있습니다. 메이세이학원의 영유아 학급에도 수어로 키우면서 인공와우를 착용 한 아이가 몇 명 있습니다만, 수어로 세세한 의사소통을 함으로써 다양한 개념이 자라고 있습니다.

자! 우리 집 농아들은 메이세이학원 졸업 후, 도쿄 도립 일반 고등학교에 진학했습니다. 이유는 경식야구를 하기 위해서 입니다. 농학교에는 들리지 않는 아동에게는 위험하다는 이유로 경식 야구부가 없습니다. 있는 것은 연식 야구부 뿐 입니다.

초등학교 1학년부터 형이 소속되어 있는 지역의 소년 야구팀에 들어가, 초등부, 중등부와 야구를 해 온 아들은 경식 야구를 동경해 왔습니다. 고등학교 야구부에서는 팀의 사령탑이라 할 수 있는 포수가 되기를 원했지만, 감독은 아들이 듣지 못하기 때문에 안 된다고 했다고 합니다. 그러나 그곳은 실력의 세계입니다. 누구보다 열심히 연습한 결과, 감독보다 먼저 선수들로부터 포수로 인정받아 주전 포수·4번 타자로 활약했습니다. 이후 진학한 대학은 청각장애에 대한 이해가 전혀 없어 4년 내내 싸워야 했지만, 마무리는 논문지도 교수가 졸업 논문을 높이 평가해 우수 졸업 논문으로 추천을 해 준 깜짝 놀랄 일이 있었습니다.

그리고 올해 4월, 전 세계가 신종 코로나 바이러스 대책에 쫓기고 있는 가운데, 도쿄 도내 IT 기업의 신입 사원이 되었습니다. 장애인 채용이 아닌 일반 채용에 응모를 해서 취업 활동 내내 꽤 고생을 한 것 같습니다. 면접에서 "입 모양은 못 읽는 건가"라는 말을 많이 듣기도 하고, "입사하면 구화 연습이 필요하다"는 말을 듣기도 했다고 합니다. 그럴 때는 입 모양을 읽어 내는 것이 얼마나 정확하지 않은가를 설명하고, 이 때문에 발생하게 되는 구체적인 실수의 예시를 언급하면서, 서로가 정보를 확인할 수 있고 기록이 남는 필담과 메일이 가장 좋은 방법이라고 제안했다고 합니다. 물론 기업 측은 필담을 성가시다고 말합니다.

그러나 실수를 최소화하는 것이 효율성을 높이는 것이 아니냐고 의견을 피력하는 등, 자신도 기업에 맞춰 노력하면서, 양보할 수 없는(양보해서는 안 되는)것은 일관되게 주장했다고 합니다.

필담(아들은 컴퓨터를 치고, 면접관은 음성 인식 소프트웨어를 사용)으로 이런 대화를 주고 받다보니 한번 면접 볼 때 마다 2시간 정도 걸렸다고 합니다. 그리고 지금, 면접에서 "구화 연습이 필요하다"는 말을 들었던 IT 기업에 입사하여, 원하던 대로 SE(시스템 엔지니어)로서 사회 초년생 생활을 시작했습니다. 물론 확실하지 않은 구화는 사용하지 않습니다. 기업도 음성 인식 전용 단말기를 준비하는 등 아들과 의논하면서 좋은 방법을 찾고 있다고 합니다. 앞으로도 그의 앞에는 많은 장벽이 나타날 것입니다. 그 때마다 몸이 상할 만큼 큰 스트레스를 받으며 필사적으로 몸부림치겠지요. 그 결과가 좋지 않을 때가 더 많을지도 모릅니다. 하지만 농인으로서의 정체성이 그를 지탱해 줄 것입니다.

수어 최고! 농아동 최고!

2020년 6월 17일
다마다 사토미(玉田さとみ)

들어가면서

2008년 4월.
도쿄 시나가와구(區)에 있는 초등학교 체육관에서 '수어박수'가
마치 별이 반짝이듯 물결치고 있었습니다.

일본에서 제일 작은 사립학교 개교식, 학생 수는 유아부와 초등
부 합해서 약 40명.
아이들, 선생님들, 그리고 나와 같은 학부형들에게 있어서도
잊을 수 없는 봄이 되었습니다.

모두 양손을 들고 '반짝반짝 작은 별'처럼 손을 흔들고 있습니다.
양손을 들고 손을 반짝반짝 흔드는 것,
이것이 우리들의 '박수'입니다.
그렇게 개교식장은 조용한 박수로 가득 차 있습니다.
그리고 미소 띤 얼굴들도 모두 반짝반짝 빛나고 있습니다.
아이들은 물론 선생님들도 학부형들도 모두.

학교이름은 '메이세이학원(明晴學園)'입니다.
들을 수 없는 아이들을 위한 일본 최초의 '수어로 배울 수 있는
사립학교'입니다.

'맑다'와 '학교'는 수어에서 같은 수형(手形)으로 표현합니다.
유아부의 어린아이들이라도 학교 이름을 쉽게 표현할 수 있도록

'메이세이학원'이라고 이름을 붙였습니다.
그리고 우리 부부의 둘째 아들 히로(宙)도 이 메이세이학원의
5학년생으로 개교식에 참석하였습니다.
보통 때보다 좀 긴장하고 있는 히로는 이 학교의 최상급생입니다.
"하급생에게 좋은 선배가 될 수 있으려나."
약간 걱정이 됩니다.

"정말? 농학교에서 '수어'로 배울 수 없나요?"
이런 소박한 의문을 갖기 시작한지 벌써 8년이란 세월이
흘렀습니다.
그 동안 언제나 늘 꿈 꿔오던 개교식입니다.

봄 햇살같이 웃는 아이들. 이런 웃는 얼굴이 보고 싶어서,
이렇게 환한 얼굴을 보려고 계속 달려온 것입니다.

목차

제1장 '눈으로 듣는 사람' 둘째 아들와의 만남

히로의 탄생	30
만일을 위해	33
검사결과	37
할아버지 귀를 줄게	40
수어는 어디서 배우지	44
처음 간 농학교	47
이것이 교육?	50
두 명의 농인과의 만남	53
형이 배운 첫 수어	56
새끼 손가락은 엄마	58

제2장 수어로 키우고 싶어

수어로 키우고 싶어	63
동료와의 만남	66
'전국 농아동을 둔 부모회' 결성	68
대안학교 '다쓰노코학원'	70
가이토야, 미안해	73
아빠들의 각오	77

변혁에는 저항이 따르는 법   79

부모가 없어도 아이는 자란다???   81

농학교 유치부에   85

우리 집에 낸시가 왔다   91

머나먼 여정의 시작   96

제3장 수많은 벽을 넘어서

히로의 작은 결단   102

다쓰노코학원도 어려운 문제가 산더미   106

네 가지 활동   109

조언자와 1분 프레젠테이션   113

NPO로 학교를 만들 수 있나?   117

연전연패   121

특구 제안이 통했다!   125

부모의 걱정이 무안하게   127

이시하라 도지사와 도민 간담회   130

제4장 미래로 향한 문

아이들의 힘이 도지사 정책기획국을 움직였다   138

바람의 방향이 바뀌었다   141

소년 야구팀과 반항기   148

문제의식이 싹트다   151

커다란 물결이 되어   153

공감이 사람을 움직인다   157

미션은 아이들 미래   161

제5장 꿈꾸던 학교

'메이세이학원'의 탄생   166

자, 다음은 중학교   171

자립심 왕성한 초등학생   174

앞길에는   176

반항기도 올 테면 와라   178

캐나다 여행   182

천신제(天神祭)   185

맺으며   189

学校法人
明晴学園開校式

제1장 '눈으로 듣는 사람' 둘째 아들과의 만남

히로의 탄생

1998년 1월 29일.
남편이 서른여덟, 내가 서른여섯, 장남 가이토(海土)가 두 살 때
둘째 아들 히로(宙)가 태어났습니다.
체중 3.45kg으로 눈이 또렷한 아들이었습니다.
"눈이 어쩜 이리도 예쁠까!"
팔불출이라 하겠지만 히로는 '눈'이 무척 인상적인 아이였습니다.

서른 살에 왼쪽 난소적출수술을 받고 체외수정을 시도했으나 한
동안 소식이 없었던 우리 부부가 반쯤 체념하고 있을 때에 큰애가
태어나 무척이나 기뻤습니다. 그래서 2년 후 둘째가 태어난 것은
정말 꿈만 같은 일이었습니다.

히로가 어른이 될 때쯤에는 점점 국제화가 되어갈 것입니다. 세상
일을 국제적인 시야로 바라보고, 큰 무대에서 활약하는 사람이 되
었으면 하는 바램으로 외국인도 부르기 쉬운 '히로'(HERO)로 했
습니다.
2년 8개월 차이인 사내아이 둘을 키운다는 것은 놀랄 만큼 바쁜
일이지요. 막 걷기 시작한 가이토에게서 눈을 뗄 수가 없습니다.
느긋이 밥을 먹는 것은 물론 잠을 푹 잘 수도 목욕을 천천히 즐길
수도 없는 나날의 연속이었습니다.
아이 둘을 끼고 정신없이 움직이다보면 어느새 하루가 지나가버립
니다. 그래도 체념하고 있었던 출산과 육아는 소소한 발견의 연속

이었고, 정말 즐거운 매일 매일이었습니다.
근처에 사시는 친정 부모님이 학수고대 기다리셨던 두 손자를
무척이나 귀여워하셔서 출산한지 한 달 후에는 직장에 복귀하도
록 도와주셨습니다.

히로가 7개월이 되었을 때 "아- 아-"하는 소리가 큰애에 비해 좀
크다고 느꼈습니다.
"소리가 엄청 크네, 너무 건강한 거 아냐?"
이때까지도 그다지 대수롭지 않게 생각했습니다.
어느 날 슈퍼에서 장을 보던 중 히로가 언제나처럼 "아-, 아-"하며
큰소리를 내기 시작했습니다.
주위에 있던 사람들의 시선이 왠지 신경이 쓰였습니다.
"좀 목소리가 너무 큰 게 아닌가?"

처음으로 막연한 불안이 스치고 지나갔습니다.
"기분 탓이야, 기분 탓."
아이들은 저마다 다른 개성을 가지고 있습니다. 다른 아이와 비교
하는 것은 난센스입니다. 성장속도나 표현방법도 아이들마다 다른
것은 당연합니다.
히로는 눈이 또렷하고 표정이 풍부한 아이이므로 큰소리를 내는
것도 그 나름대로의 표현방법이라고 생각하며 불안을 떨쳐버렸습
니다.

한 살이 되어 건강검진을 받을 때의 일입니다.

"멍멍이나 빵-빵 같은 소리 냈었나요?"

의사의 질문에 겁이 덜컥 났습니다.

"아직 제대로 된 말은 안하지만 사내아이는 말이 좀 느리다고 해서 특별히 신경 쓰지 않았는데요……."

그렇게 대답은 했지만 갑자기 심란해졌습니다.

"그러고 보니 가끔 목소리가 너무 큰 게 아닌가 하고 생각한 적이 있었긴 합니다만……, 혹시 무슨 문제라도 있나요?"

"그러시군요……. 그럼 한 살 반까지 기다렸다 그때까지도 말을 하지 않는 것 같으면 검사를 해보지요."

"알겠습니다."

지금까지 말이 늦는 것에 대해 별 생각 없이 지내왔는데 검진 받은 후부터는 아무래도 신경이 쓰였습니다.

말 늦는 것이 '청각'과 관련 있을지도 모른다는 것을 처음으로 알게 되었습니다.

"들리는 걸까? 안 들려서 말이 늦는 걸까?"

어느 날은 '정말 괜찮을 거야'라고 생각하다가도 또 어느 날은 '혹시'하기도 했습니다.

정신없이 아이 둘을 키우면서 마음속에 떠나지 않는 일말의 불안을 껴안은 채 반년이 지나갔습니다.

"신이시여, 진짜 괜찮겠지요."

마음속으로 몇 번이나 되뇌었습니다.

만일을 위해

검사는 1999년 9월, 기온이 30도가 넘는 무더위가 아직 남아있던 날이었습니다.

저는 친정엄마와 함께 관동체신병원(현 관동병원)으로 가려고 나섰습니다. 조수석의 베이비시트에서 차창 밖을 바라보며 벙긋벙긋 웃고 있는 히로.

"혹시나 싶어 하는 검사니까."

"맞아, 말이 늦는 이유가 '들리는 것'과 관계없다는 걸, 확인하는 거야."

마음속에서 '관계없을 거야, 관계없을 거야'라고 되뇌며 마음을 진정시켰습니다.

병원 복도 막다른 곳에 있는 검사실에서 뇌가 소리에 반응하는지 어떤지를 알아보는 'ABR(청성뇌간반응)'이라는 검사를 받았습니다. 사전에 2~30분이면 끝나는 간단한 검사라고 들어서 친정엄마와 복도에 있는 긴 의자에 앉아 쓸데없는 이야기를 하며 기다리고 있었습니다.

시계의 긴바늘이 한 바퀴 지났을 즈음 둘이 동시에

"늦네, 무슨 일일까?"

"금방 끝나는 검사라고 했는데……."

친정엄마와 나는 점점 말이 없어져갔습니다.

한 시간 반 정도 지났을까 문이 열리고 검사실 기사가 나왔습니다. 검사 들어가기 전에는 부드러웠던 표정이 그렇게 생각해서 그런지 어두운 것 같았습니다.

"검사가 끝났습니다. 결과는 소아과로 보냈으니 소아과로 가시기
바랍니다."

일러 준대로 불안한 기분을 억누르면서 서둘러 소아과로 갔는데,
소아과 담당의사에게서도 검사결과를 바로 들을 수가 없었습니다.

"검사결과는 일주일 후에 나옵니다. 일부러 오지 마시고 전화로
들으셔도 됩니다."

"일주일 후라고요……?"

혹시나 싶어 받았던 간단한 검사였는데 결과를 알기까지 일주일
이나 걸릴 줄은 몰랐습니다.

"어머니, 예민하게 생각하신 거예요. 청각은 문제가 없습니다."
라는 말을 물론 기대하고 있었고, 당연히 그런 말을 들을 것이라
믿었습니다.

그랬는데…….

일주일이 너무 길게 느껴졌습니다.

"혹시……."

물어보려고 했다가도 입 밖에 내는 것이 주저되었습니다.

문제가 있을 가능성이 높으면 의사 선생님이 "일부러 오시지 않아
도……, 전화로 들으셔도 됩니다."라고는 말하지 않았을 테니까.

"틀림없이 검사결과를 정확하게 하려고 일주일이 소요되는 거야."
필사적으로 불안을 떨쳐버리려 했습니다.

일주일 후에는 "듣는 것은 문제없습니다. 단지 말이 좀 늦을 뿐입니다."라는 검사결과에 나는 안심하게 될 거야, 그렇게 될 거라고 믿고 싶었습니다.

다만 '혹시나'하는 불안함을 떨쳐버릴 수 없었던 것도 솔직한 기분입니다.

믿고 싶은 마음과 불안한 마음이 왔다 갔다 했습니다.

그로부터 일주일 동안 장난감을 가지고 놀고 있는 히로의 등 뒤에서 손뼉을 치거나, 말을 걸어보며 반응을 살펴보았습니다.

뒤를 돌아 볼 때도 있고 그러지 않을 때도 있습니다. 한 살 반 된 어린아이라 반응이 제각각이어서 들리는 건지 못 듣는 건지 확인할 수가 없었습니다.

그림책을 펴들고 여러 번 말을 걸어보았습니다.

"이건 멍멍이야. 멍멍이가 있네."

장 보러 갈 때도 자동차를 가리키며 반응을 떠보았습니다.

"빵-빵이 많네. 빨간 빵-빵! 파란 빵-빵!"

밥 먹을 때는

"맘마야! 맘마 먹을까?"

큰소리로 말을 걸고 얼굴을 살펴보았지만 히로는 만면에 미소를 띠우고 쳐다 볼 뿐 말은 하지 않았습니다.

원래 말수가 적은 남편은 이 상황에 대해 이야기 하려고 하지 않

았습니다. 그저 우리 부부가 일주일 내내 커다란 불안을 품고 지
낸 건 두말할 나위도 없습니다.

그리고 4살인 장남 가이토가 그런 집안의 분위기를 누구보다도
민감하게 느끼고 있었습니다.

검사결과

일주일 후 퇴근하면서 병원에 전화를 걸었습니다.
"왼쪽 귀의 청력이 안 좋은 것 같습니다. 병원에 한번 나와 주세요."

의사의 목소리는 부드럽고 온화했지만, 확실히 무거웠습니다.
다음 날, 불안에 떨면서 친정엄마와 같이 히로를 데리고 병원으로 갔습니다.

진찰실에 들어가니 소아과 의사가 히로를 안고 있는 내 얼굴을 힐끗 보더니 바로 검사결과지로 눈을 돌렸습니다.
몇 초였지만, 일순 진찰실의 공기가 얼어붙은 것 같은 느낌이었습니다.
"유감스럽습니다만, 잘 듣지 못하는 것 같습니다. 자세한 것은 이비인후과로 가서 들으십시오."
의사가 조용히 말했습니다.

진찰실을 나와 대합실에서 기다리고 계시던 엄마의 얼굴을 보는 순간, 참았던 눈물이 흘러내렸습니다.
사람이 드문 복도 끝에 있는 긴 의자에 쓰러지듯이 앉아서 두 손으로 얼굴을 감싸고 울음을 참느라 한동안 일어설 수가 없었습니다.
말없이 옆에서 앉아 계실 뿐인 엄마.
무슨 일이 일어났는지 모르는 히로는 내 얼굴을 쳐다보며 늘 그랬듯이 눈을 말똥말똥 뜨고 벙긋벙긋 웃고 있었습니다.

겨우 일어나서 이비인후과로 갔는데, 소아과에서 보내 온 차트를 보고 있던 여의사가 담담하게 설명을 하기 시작했습니다.

"우리 병원에는 어린이 난청 전문의가 안계시니, 앞으로의 일은 부장님과 상담해 주세요. 우선 CT를 찍으셔야 하니 예약을 하고 가십시오."

병원복도를 걸어가면서 소아과 의사선생님에게 들은 말을 생각했습니다.

"유감스럽습니다만……."

"유감스럽습니다만, 잘 듣지 못하는 것 같습니다. 유감스럽습니다만."

"이 아이는 불쌍한 상태로 태어난 건가? 불쌍하다는 꼬리표가 붙어버린 건가? 내가 낳은 자식이 불쌍한 아이란……거야."

꿈이었으면 했습니다. 기가 막히고 정신이 나간 듯 아무것도 생각할 수가 없었습니다.

'그럴 리 없어. 불쌍한 아이 일리가 없어, 불쌍한 애가 아니야. 얼마나 소중한 아이인데'라고 마음속으로 되뇌며 히로를 꼬옥 끌어안았습니다. 평소보다 더욱 세차게.

그 날 병원에서 친정집까지 어떻게 왔는지 아무리 생각해봐도 도

무지 기억이 나지 않습니다.

히로는 병원에 갈 때와 같이 차창 밖을 보며 여전히 기분이 좋습니다.
뒷좌석에서 엄마의 흐느끼는 소리가 들려왔습니다.
나는 한마디 말도 없이 그냥 울면서 핸들을 쥐고 있었던 것만 희미하게 기억납니다.

친정집에서는 아버지가 검사결과를 기다리고 계셨습니다.
우리 얼굴을 보고 모든 걸 알아챈 아버지는 잠자코 히로를 끌어안았습니다.

할아버지 귀를 줄게

히로를 안고 계시는 아버지를 보는 순간 나는 그 자리에 쓰러져 울었습니다.

서 있을 수도 앉아 있을 수도 없어 마루에 웅크리고 주저앉아 그 저 소리 높여 울 뿐이었습니다.

여태까지 부모 앞에서 이렇게 서럽게 운적이 없었습니다.

눈물이 멈춰지지도 울음소리를 삼킬 수도 없이 몸이 반으로 접혀 질 정도로 울었습니다.

얼마나 울었을까요.

아버지가 정색을 하고 말씀하셨습니다.

"운다고 해결되지 않아. 어떻게 하면 좋을지를 생각해야지."

놀래서 얼굴을 들어보니 아버지는 가만히 정면을 응시하고 계셨 습니다. 누구보다도 손자를 귀여워하시는 아버지는 눈물 한 방울 흘리지 않고 눈을 부릅뜨고 계셨습니다.

"할아버지 귀를 줄 테니까 이식이 가능한지 알아 보거라, 국내에 서 안 된다면 외국에서는 할 수 있을 지도 모르니까."

이때 아버지는 자신이 할 수 있는 일은 무엇이든지 하기로 결심 을 하셨던 것입니다.

그러나 나는 아버지의 이야기를 냉정하게 들을 여유조차 없었습 니다.

너무 충격이 커서 앞일을 생각하기는커녕 지금 들이닥친 이 현실에서 헤어 나오지 못하고 있었습니다.

이로부터 일주일간 '검사결과가 틀렸으면'하고 빌고 또 빌었습니다.
"만약 안 들린다는 진단이 나오면, 히로를 어떻게 키워야 하나,
앞으로 히로는 어떤 인생을 살아갈까."
잠들지 못하는 밤이 계속되었습니다.
정신을 차려 보니 눈물이 뺨을 흘러내리고 있었습니다.
"엄마, 왜 그래?"
옆으로 온 가이토가 티슈 박스를 내밀었습니다.
"배 아파?"
걱정스럽게 내 얼굴을 쳐다봅니다.
"……."
그렇지만 가이토에게 어떻게 설명해야 할 지 알 수가 없습니다.
나 자신이 너무 혼란스러워서.

일주일 후의 CT검사.
검사를 받기 위해 좌약으로 잠들게 한 히로를 안았습니다.
부드럽고 따뜻하고 응석어린 얼굴로 조용히 숨을 내쉬며 자고 있
습니다.
사랑스럽고 귀여운 내 아기가 내 품안에서 편안하게 자고 있습니다.
"어떤 결과가 나온다 하더라도 나는 온 힘을 다해 이 아이를 지켜
야지, 무슨 일이 있어도 어떠한 일이 생겨도, 기필코."

주저앉은 마음을 일으켜 세웠습니다.
검사결과, 히로는 고도난청이라고 진단이 나왔습니다.
히로가 1세 9개월 때의 일이었습니다.

****

우리 부부는 청인(들을 수 있는 사람)입니다.
우리 부부의 부모님도 장남인 가이토도 청인입니다.
농아동(듣지 못하는 사람)의 90%가 청인 부모한테서 태어난다
고 합니다.
농아동은 천명에 1~1.5명이 선천성이라고 합니다.

****

히로가 농아동이라는 사실을 받아드리는 일은 쉽지 않았습니다.

주위에 농인이 없는 우리 부부에게 있어서 듣지 못하는 인생은
도저히 상상할 수가 없었습니다.

'이 아이를 어떻게 키워야 하나, 이 아이는 어떤 인생길을 걸어갈
까'를 생각하면 할수록 혼란스럽고 불안해졌습니다.
조수석의 베이비 시트에서 새근새근 자고 있는 히로.

수도고속도로 건너편에 보이는 대형단지 쪽으로 가속 페달을 꾹 밟고 '이대로 죽고 싶어'라고 생각한 적이 한 두 번이 아니었습니다.

그러나 그럴 때마다 멈추게 한 것은 가이토의 존재였습니다.

히로와는 2년 8개월 차이로 당시에 4살이었습니다. 한창 어리광 부릴 나이인데 부모의 심상치 않은 모습을 누구보다도 민감하게 느끼고 있었습니다. 아직 무슨 일이 일어났는지 이해할 수 있는 나이는 아니었지만 그 작은 가슴을 아프게 하고 있었던 것입니다.

수어는 어디서 배우지

영국에 살고 있는 친정 남동생에게 전화를 걸어 히로가 고도난청이라고 말하자,
"그럼 누나네도 수어를 배워야 하겠네."라고 했습니다.
"그래, 우리 가족도 수어를 배워서 히로에게 수어 가르쳐야겠어."
당연히 농인의 의사소통 수단은 '수어'라고 생각했습니다.
"어디서 수어를 배울 수 있을까?"
농인과 접촉한 경험이 없는 많은 사람들은 분명히 농인의 의사소통 수단은 '수어'이고, 그 '수어'는 농인학교에서 배울 수 있다고 생각하고 있을 겁니다. 저도 그랬으니까요.

고도난청 진단을 받은 날의 충격은 가시지 않은 채였지만 이대로 있을 수는 없습니다. 히로의 장래를 생각하면서 지푸라기라도 잡는 심정으로 정보를 모으기 시작했습니다.
낮에는 도서관이나 서점을 돌아다니면서 모든 책을 전부 읽어대었습니다.
밤에는 집에서 인터넷으로 일본뿐만 아니라 전 세계 안에 있는 농인교육 정보를 모았습니다.
수어를 가르쳐 주는 곳도 알아보기 시작했습니다.

얼마 후에 초등학교 저학년 농아동의 아버지가 개설한 지 얼마 안된 홈페이지를 보게 되었습니다.
게시판에는 듣지 못하거나 잘 듣지 못하는 사람들의 글이 많이 실

려 있었습니다.

"우리만이 아니었어."

받아들이기 너무 힘든 일을 누군가에게 말하고 싶었지만, 주저되어 홈페이지에 글을 쓰지 못하고 그저 몇 날 며칠을 들여다만 보았습니다.

그렇게 며칠을 보낸 후 결심을 하고 글을 써서 올려보았습니다.

"…… 너무 충격을 받아 말도 안 나오고, 머리도 마음도 움츠려 있습니다."

짧은 문장이지만 겨우 썼습니다.

그러자 격려의 글이 계속 올라왔습니다.

"지금은 힘들겠지만 괜찮아질 거예요."

살 것 같았습니다. 하지만 그렇게 간단하게 충격에서 벗어날 수는 없었습니다.

청각장애에 대한 여러 가지 정보를 제공해 주고 있는 홈페이지에서 처음으로 '청각구화법'이라는 말을 알게 되었습니다.

듣지 못하는 사람의 의사소통 방법은 '수어'라고 생각하고 있었기 때문에 '청각구화법은 무얼까?'라는 물음에서 시작되었습니다.

농학교에서는 '수어'로 교육하는 것이 아니고 '청각구화법'으로 가르치고 있다는 것을 알았습니다.

'청각구화법'이란 '청능'(보청기를 사용해서 듣는 훈련), '발화'(입 모양을 흉내 내서 소리를 내는 훈련), '독화'(상대편 입 모양을 보고 아는 훈련)이라고 하는 세 가지 요소로 음성일본어를 습득하는 것이 지금까지 농교육의 기본이 되어 왔습니다.

"입 모양 만으로 상대편이 하는 말을 정말 알 수 있을까?"
소박한 의문이 생겼습니다.
"만일 입 모양을 흉내 내서 소리를 낼 수 있다고 해도 자기 목소리는 안 들리는 거잖아?"
'말 하는 것'과 '듣는 것'이 밀접하게 연관되어 있다는 것을 처음 의식하게 된 것도 이 때입니다.
게다가 "왜, 수어로 교육을 시키지 않는 것일까?"
의문이 늘어갔습니다.

"점점 성장해 가는 히로에게 여러 가지를 알려주고 싶고, 히로가 무엇을 하려고 하는지, 어떤 것을 하고 싶어 하는지를 알고 싶어."
나에게 있어서 중요한 일은 히로와 통하는 것, 의사소통이 되는 것입니다.
그렇기 때문에 그것이 일본어가 아니라도, 프랑스어라도, 중국어라도, 수어라도 무엇이든지 상관이 없었습니다.
어떻게든 히로와 대화를 나누고 싶다는 단지 그것뿐이었습니다.

처음 간 농학교

홈페이지에 글을 올린 지 며칠 후에 나는 히로를 데리고 처음으로 학교에 갔습니다. 오오이역에서 걸어서 10분 정도에 있는 '도쿄도립 시나가와농학교'(현재는 통폐합으로 폐교)입니다.

오래되고 조용한 학교였습니다. 일반학교와는 달리 쓸쓸함이 감돌았습니다.
초등학교에서는 아이들의 씩씩한 목소리가 교실이나 운동장에서 들려 오는거라고 생각했었는데 이런 조용한 분위기가 안타까웠습니다.

유아담당 여선생님은 무척 느낌도 좋고 인상도 좋아서 안심하고 "수어 동아리를 소개 해 주실 수 있나요?"라고 물었습니다.
그러자 "수어를 배우는 것도 좋지만, 수어를 사용하게 되면 일본어를 습득할 수 없게 될지도 모릅니다."라는 대답이 돌아왔습니다.
순간 무슨 말인지 이해가 안 되었습니다.
'수어를 쓰면 일본어를 할 수 없게 된다고?'
이것이 바로 홈페이지에서 알게 된 '청각구화법'으로 교육을 받는 것이라는 걸 아는 데까지 시간이 좀 걸렸습니다.
선생님에게 안내를 받아 교내를 돌아보고 있는데 초등학생 남자 아이가 지나갔습니다.
"오……마우"
"???"

나는 그 남자아이가 선생님에게 한 말을 도저히 알아들을 수가 없었습니다.

"하-이. 오. 하. 요. 우.(오하요우, 아침인사_옮긴이 주)"

선생님은 복도 전체가 울리도록 커다란 목소리로 대답했습니다.

"학년이 올라가면 제대로 말을 할 수 있게 될 거예요."

선생님은 나를 보고 생글생글 웃으며 말했습니다.

나는 알아들을 수 없었던 인사말을, 나중에는 잘 할 수 있게 된다는 것인지.

'이런 것이 청각구화법으로 가르치는 것인가?'

곧 의문과 위화감에 휩싸였습니다.

게다가 더욱이 놀랄 일을 목격했습니다.

수업이 끝나고 교실에서 뛰어나오려고 하던 여자아이가 문에 서 있던 남자아이와 부딪쳤을 때의 일입니다.

나이가 좀 든 여선생님이 교실에서 나와서 그 여자아이의 등을 탁-하고 때린 것입니다.

"위험하잖아!"

복도 전체에 울리도록 화내는 큰 목소리.

깜짝 놀라서 히로를 끌어안았습니다.

'여기는 학교인데? 지금이 어느 시대? 21세기라고. 게다가 상대는 유치부 어린 여자애인데.'

"듣지 못하는 아이들은 몸으로 배우게 한다."는 그런 위압감으로
가득 차 있었습니다.
처음으로 가본 농학교가 나에게는 어느 것 하나 납득할 수 있는
곳이 아니었습니다.

이것이 교육?

그 후에 산수 수업을 견학하였습니다. 물론 수업은 청각구화법으로 합니다.

"사과가 3개 있습니다. 1개를 먹으면 몇 개가 남을까요?"

3-1=2를 가르치는 것은 산수에서 기초 중의 기초입니다.

선생님이 한 사람 한 사람에게 '사과'의 발음을 반복하게 했습니다. 이건 마치 '발음' 수업이었습니다. 몇 번씩 되풀이해서 발음을 시켜도 아이들은 자기의 목소리를 못 듣기 때문에 이것이 올바른 발음인지도 인식할 수 없습니다.

'사과'의 발음을 반복시키는 것으로 수업 대부분의 시간을 쓰고 있었습니다.

'산수 시간인데……'

그럼, 3-1=2는 언제쯤이나 배우게 되려나.

농학교와 일반학교에 다니는 아이들과는 '들을 수 있다', '못 듣는다'의 차이 밖에 없습니다.

그런데도 이런 식의 수업으로는 중요한 산수를 익힐 수가 없습니다. 듣지는 못하더라도 산수를 잘하는 아이도 있는 법입니다. 이런 아이가 이러한 수업을 받는다면 아이가 원래 가지고 있는 자질이나 가능성을 키우기는커녕 싹을 죽이는 일이 될 것입니다.

농학교와 일반학교의 교육의 질의 차이는 뚜렷하게 존재하고 있었습니다.

농학교에서 하고 있는 '청각구화법'에 의문을 가진 채 무거운 마음을 안고 집으로 돌아왔습니다.

바로 인터넷으로 전국 농학교의 상황을 조사해 보기로 하였습니다.
"수어를 사용하면 손을 맞았다."
"수어를 하지 않도록 수업시간 내내 손을 뒤로 두게 했다."
"입 모양으로 상대의 말을 읽을 수 있다고 해도 선생님이 하는 말의 반도 모른다."
"발음을 제대로 못하면 야단을 맞지만, 발음이 잘 되고 있는 건지 본인은 알 수가 없다."
농학교에서 수어가 금지되어 있다는 것은 사실이었습니다.

듣지 못하는 사람은 '입 모양을 읽을 수 있다'라고 생각하는 청인들이 많을 것입니다. 저도 그랬으니까요. 하지만 실제로 전부 알아 볼 수는 없다고 합니다.
'다바꼬(담배)'와 '다마고(달걀)', '링고(사과)'와 '깅꼬-(은행)', '고미(쓰레기)'와 '코피-(복사)'와 '콤비니(편의점)'등 입의 형태가 같은 것은 수없이 많습니다. 텔레비전의 음성을 끄고 입술을 읽어보면 회화의 내용을 파악하는 것이 얼마나 어려운지 실감이 날 것입니다.

"어떻게 하든 히로와 확실하게 의사소통을 하고 싶다."

그 일념으로 수어를 배우기로 결심했습니다.

그러나 아무리 해도 수어를 가르쳐주는 곳을 찾을 수가 없어서 수어를 익힌 농인 가정교사를 찾기로 하였습니다.

두 명의 농인과의 만남

수어 가정교사를 찾고 있던 어느 날, 집 근처에 있는 도시락가게에서 손짓 발짓으로 도시락을 구매하고 있는 남성을 우연히 보게 되어 마음먹고 말을 걸었습니다.

내가 아는 모든 수어의 단어를 나열해서,

"나. 아들. 들을 수 없다. 수어 동아리. 찾고 있다."

갑작스런 상황에 놀라는 듯했으나 곧 머리를 끄덕이며 주머니에서 종이와 연필을 꺼내어 수어 동아리 두 곳의 전화번호와 자기 이름을 써 주었습니다.

"시라토리 유지(白鳥雄二)" 이전부터 수어의 필요성과 청각장애인의 권리를 주장해 온 사람이었습니다.

시라토리 씨는 집이 가깝기도 해서 그 후로도 가끔 만나곤 했는데 어느새 부턴가 남편의 술친구가 되어있었습니다.

얼마 되지 않아 농인 가정교사를 구했습니다.

우리 집으로 와 주는 수어 가정교사인 이케다 아키코(池田亞希子) 씨는 커다란 눈과 긴 머리가 인상적인 무척이나 씩씩하고 멋있는 사람이었습니다.

이케다 씨는 불안으로 가득 차있는 나를 따뜻하게 감싸주듯이 조용히 말하기 시작하였습니다. 결코 소리 내는 법 없이.

그녀는 무척 말하는 표정이 풍부한 사람이었습니다. 수어로 말하는 태도나 행동이 멋있어서 내가 생각했던 것보다 훨씬 상상을 초월하였습니다.

그 당시 수어를 거의 이해할 수 없었던 나도 그녀가 말하려 하는 것이 전해져왔습니다. 왜 그런지 이야기의 내용이 이해가 되는 것입니다.

대화는 말로만 하는 것이 아니었습니다. 서로의 감정이 캐치볼처럼 오고 갔습니다. 나는 이케다 씨와 수어로 대화하면서 사람 사이의 소통의 본질을 알게 되었습니다.

이케다 씨는 수어교수법을 습득해서 상대에 맞게 대화 수준을 바꿀 수 있는 포리너 토크(foreigner talk_옮긴이 주)를 자유자재로 사용할 수 있는 우수한 일본 수어지도자였습니다.

한 달에 두 번 오는 이케다 씨와 정말 많은 이야기를 나누었습니다.

"우리 농인은 태어 날 때부터 못 듣기 때문에 못 듣는 것이 정상입니다."

"못 듣는 것이 정상."

들을 수 있는 나에게는 무척 신선한 말이었습니다.

"못 듣는 귀 대신에 볼 수 있는 눈을 가지고 있는 '눈으로 듣는 사람'입니다."

태어날 때부터 못 들으니까 청인과는 전혀 다른 눈의 능력을 가지고 있다는 것입니다.

이야기하고 있는 우리 옆에서 구김살 없이 놀고 있는 히로의 모

습을 보면서

"분명히 이 아이도 태어날 때부터 못 듣는 거니까 그게 정상인 거야."라는 생각에 마음이 편해졌습니다.

히로가 태어났을 때 눈이 또렷하여 인상적이었던 것도 생각이 났습니다.

히로는 '눈으로 듣는 사람'이었던 것입니다.

이케다 씨는 수어로 수다도 잘 떨고 여행도 좋아하고 보통의 인생을 즐기며 살고 있었습니다. 수어를 배울 목적으로 가정교사로 초빙한 이케다 씨에게 말로 다할 수 없는 많은 것을 배웠습니다.

이케다 씨가 우리 집에 오게 된 후로 놀란 일이 있었습니다. 그것은 누구보다도 수어를 빨리 배운 사람이 들을 수 있는 가이토였던 것입니다.

한 달에 두 번 오는 이케다 씨를 누구보다도 목 빼고 기다리고 있던 사람도 가이토였습니다.

형이 배운 첫 수어

4살이었던 가이토는 어른과 함께 노는 것을 아주 좋아하는 나이가 되어있었습니다. 그래서 수어로 말을 걸어주는 이케다 씨를 무척 좋아했습니다.

그에 비해 아직 2살인 히로는 혼자서 좋아하는 놀이에 빠져 수어에 그다지 흥미를 보이지 않았습니다.

이케다 씨가 수어로 이야기 해주면 눈을 반짝이며 보았던 가이토는 수어책을 보면서 스스로 수어단어를 점점 익혀나갔던 것입니다.

"엄마! 엄마! 이거 뭔지 알아?"
"글쎄, 뭘까? 엄마는 모르는데 너는 아니?"
"그럼 알려줄게. '죽순'이야."
형이 처음으로 알게 된 수어단어는 '죽순'입니다.

"엄마 그럼 이건 뭔지 알아?"
"뭐니?"
"포도"

"그럼 이건?"
"뭘까?"
"버섯"

형이 아는 수어단어가 점점 늘어갔습니다.

"먹는 것만 많이 아네, 먹보인가 봐."

동생인 히로에게도 수어로 말을 걸 수 있게 되었습니다.
이렇게 해서 우리 집에서는 못 듣는 히로가 있을 때는 수어로 말
하는 것이 자연스러운 규칙이 되어갔습니다.

새끼 손가락은 엄마

히로의 고사리 같은 손이 말하기 시작했습니다.

검지를 가볍게 뺨에 대고 엄지를 세우면 "아빠", 새끼손가락을 세우면 "엄마". 히로가 금방 "아빠"라고 부를 수 있게 되어 남편이 아주 좋아합니다. 그런데 "엄마"는 수어로 쉽게 부르지 못합니다.

갓 두 살이 된 아이에게 새끼손가락을 똑바로 세우는 동작은 어려웠습니다.

어느 날, 가만히 보니 히로가 오른 손으로 왼손 새끼손가락을 세우려고 애를 쓰는데 오른 손을 떼면 왼손 새끼손가락이 금방 구부러져 버리니 또 세우고를 계속 반복하고 있었습니다.

그러더니 왼손 새끼손가락을 오른손으로 꼭 잡은 채 검지를 뺨에 대고 그대로 나에게 달려왔습니다.

"엄마!"

고사리 같은 손으로 처음으로 불러준 "엄마"입니다.

나도 모르게 꼬옥 안았습니다.

어떤 큰 소리로 불러주는 "엄마"보다 훨씬 더 기쁜 히로의 "엄마"였습니다.

듣지는 못해도 들을 수 있는 아이들과 마찬가지로 조금씩 성장해 가는 히로.

이때 나는 이 아이와 함께 이 아이의 미래를 믿으며 살아가리라

다시 한 번 다짐했습니다.

다만, 히로의 일에 온통 신경을 빼앗기고 있었던 이 무렵, 누구보다도 '동생을 위해 수어를 배운다'고 부풀어 있던 가이토의 모습이 조금 이상해진 것을 나는 아직 알아차리지 못하고 있었습니다.

제 2장 수어로 키우고 싶어

수어로 키우고 싶어

수어 가정교사인 이케다 씨와의 만남으로 우리 부부는 히로를 수어로 키우고 싶다는 생각이 점점 굳어져 갔습니다.
그렇게 하기 위해 아예 못 듣는 사람, 잘 듣지 못하는 사람들을 만나 저마다의 체험이나 의견을 들었습니다. 못 듣는 자식을 둔 부모들도 많이 만나서 아이들 교육에 대해서 많은 이야기를 나누었습니다.

그 중에 남편 회사의 수어 동아리에서 알게 된 젊은 여성이 있었습니다.
그녀는 두 살 때 병으로 청력을 잃고, 들리는 아이들이 다니는 일반학교에 다녔다고 합니다.
"저는 고등학생 때 수어 동아리에 들어가기 전까지는 수어를 할 수 없었습니다."
"그럼 그때까지 어떻게 말 했어요?"
"그때까지는 언제나 상대방 입 모양만 보면서 무슨 말을 하는지 추측했습니다."
"입 모양을 보고 추측한다구요?"
"네. 그런데, 발음을 제대로 하고 있는지 신경이 쓰여서 대화가 즐겁지가 않고, 오히려 고통스러웠습니다."
"세상에- 수다 떠는 게 고통이었다고요?"
"네. 상대가 무슨 말을 하는지 잘 모르니까요."
"입 모양을 보면 다 아는 거 아닌가요?"

"실제로는 다 알 수가 없어요."

여자아이에게 있어서는 학교에서 수다를 떠는 것이 제일 즐거운 일입니다. 그런데 대화가 고통스러웠다니 상상도 할 수가 없었습니다.

"수어를 배우고 나서는 어땠어요?"

"아주 즐거워요. 수어로 하면 알아들으니까…… 그래서 지금은 수다쟁이랍니다."

환하게 웃는 얼굴의 그녀는 수어로 말하는 것이 정말 즐거워보였습니다.

인터넷이 보급되기 전에는 얻을 수 있는 정보가 한정되어 있었습니다. 들을 수 있는 부모는 못 듣는 아이의 교육을 농학교에 의지하고, 거기에서 얻어지는 정보가 전부였던 것도 사실입니다.

그 결과, '청각구화법'으로 배워서 어른이 될 때까지 '수어'를 배울 기회가 없었던 농인이 많았습니다.

이렇게 못 듣는 사람들과 많이 만나다보니 히로는 '수어'로 교육을 시키고 싶다는 생각이 점점 커져갔습니다.

그래서 '수어'로 배울 수 있는 학교를 본격적으로 찾기 시작한 것입니다.

"수어로 배우게 하고 싶다"라고 선언한 나를, 기존의 교육을 확신하는 농학교 선생님이나 교육청, 이비인후과 의사들은 괴물 부모 취급을 햇습니다.

그저 부모로써 아이들에게 보다 좋은 교육을 받게 하고 싶었을 뿐이었는데.

듣지 못하는 아이들의 교육만 그런 것이 아니라 시대가 변해 연구가 이루어지면 교육방법도 변합니다. 이것은 당연한 것이지요.

예를 들어 전에는 "영어를 배울 때는 암기가 최고"라고 했었지만, 지금은 "소리 내어 읽는 것이 좋다"고 말합니다.

체육시간의 기초연습은 토끼뜀 뛰기가 기본이었지만 지금은 하지 않습니다.

연구가 진전이 될수록 새로운 교육방법이나 훈련법이 생겨나는 것은 당연합니다.

현재, 미국에는 수어로 배울 수 있는 대학이나 대학원도 있고, 많은 농인들이 농인에게 맞는 방법으로 공부하면서 전문적인 지식을 배우고 있습니다.

수어에 의한 교육의 성과가 높아지고 있다는 것을 이미 알아보았습니다.

그러나 이때만 해도 '아들에게 수어로 배우게 하고 싶다'라는 생각이 예상한 것 보다 더 길고 힘든 싸움이 되리라고는 꿈에도 생각하지 못했습니다.

동료와의 만남

히로가 고도난청이라고 진단 받았을 때, 인터넷으로 검색해서 도움을 받을까하고 글을 올렸었던 홈페이지의 게시판에, 방금 아이가 못 듣는다는 진단을 받은 아버지의 새로운 글이 있었습니다.

그 홈페이지를 관리하시는 분의 소개로 연락이 된 이타가키 타케토(板垣岳人) 씨는 이제는 우리 부부가 누구보다도 신뢰하는 동료의 한 사람이 되었습니다. 이타가키씨 부부도 청인입니다.

자녀가 셋이 있는데 위의 둘은 청인으로, 세 번째 아이가 못 듣는다는 진단을 받았습니다.

그 후로도 게시판에는 못 듣는 자녀를 둔 부모의 글이 계속해서 올라오고 있었는데, 어느 새부터인가 7~8쌍의 가족이 우리 집에 모이게 되었습니다.

정보를 교환하기도 하고 수어로 모의수업을 하면서 아이들과 하고 싶은 대로 실컷 수어로 놀고 수다도 떨어보았습니다. 이렇게 표정도 풍부해지고 재미있어하는 아이들의 모습을 공유하면서 부모들은 수어교육의 가능성을 실감해갔습니다.

그러면서, 어느 집 애라도 모두 농학교에 가면 '청각구화법'만 인정하는 기존의 농교육을 어떻게든 바꿔야한다고 생각하면서 각자가 고독한 싸움을 계속하고 있었습니다.

그 무렵, 히로는 자기가 가족과 다르다는 사실을 눈치채기 시작했습니다.

66

선천성으로 못 듣는 히로에게는 안 들리는 것이 보통입니다.
그 다름은 '수어로 말하는 사람'과 '입을 움직이며 말하는 사람'
이라고 알고 있는 것 같습니다. 그렇게 서서히 '농인'과 '들리는
사람'을 이해하고 있었던 것 같습니다.

'전국 농아동을 둔 부모회' 결성

어느 날 영·유아 수어를 연구하고 있는 사람이 있다는 걸 알게 되어 이타가키 씨와 강연회에 같이 갔습니다. 그 강연회에서 만난 사람이 오카모토 미도리(岡本みどり) 씨입니다.

오카모토 씨는 마침 농아동 딸을 일반학교에서 농학교로 막 전학을 시킨 참이었습니다. 딸이 고도난청이지만 아주 정확한 발음으로 말할 수 있다고 했습니다.

"발음이 정확한데 왜 농학교로 전학시켰나요?"
"우리 애는 말은 할 수 있어도 듣지는 못해요."
"……?"
그 상황을 이해하는데 시간이 좀 걸렸습니다.

들을 수 있는 우리는 자기가 한 말(발음한 말)을 들을 수 있지만, 못 듣는 아이가 지도를 받아서 발음을 할 수 있게 되었다 해도 자기가 한 발음을 듣지는 못하는 것입니다.

오히려 발음을 잘 하기 때문에 들을 수 있는 사람과 똑같이 말하는 내용을 이해하고 말한다는 오해를 받게 됩니다. 발음을 할 수 있기 때문에 배려할 필요도 없이 말을 걸어오니까 들리지 않는다는 것을 이해받지 못하는 상황이 되어버린다는 것이었습니다.

"정말 그렇군요. 발신은 가능해도 수신은 안 된다는 거군요."
이래서는 대화가 안 됩니다. 상대방이 말하고 있는 내용을 이해하지 못하는 상황에 언제나 내몰리고 있는 것입니다.

"말할 수는 있어도 들을 수는 없다."

"발음은 제대로 낸다고 해도 자기 목소리를 들을 수는 없다."

새삼스럽게 여러 가지를 생각하게 하는 만남이었습니다.

일반학교에서 농학교로 전학을 시킨다고 해도 수어가 금지되어 있는 현 상황에서는 아이들이 대화를 즐길 수도, 선생님의 말을 이해할 수도, 충분한 교육을 제대로 받을 수도 없는 것입니다.

그렇다고 해서 "수어로 하는 교육을, 농학교에서 해 줬으면 좋겠다."고 한 명 한 명이 아무리 열심히 주장을 해도, 상황을 바꾸는 것은 어렵다는 걸 직접 부딪혀 실감했습니다.

그래서 우리 집에 모여 정보교환을 계속하고 있던 7~8쌍의 부모들이 힘을 합치기로 결속했습니다.

2008년 8월, '전국 농아동을 둔 부모회'의 탄생입니다.

대안학교 '다쓰노코학원'

'농아동을 둔 부모회'가 생기기 바로 전 해에 20대 젊은 농인들이 일본수어를 공통언어로 하는 농아동을 위한 대안학교인 '다쓰노코학원(龍の子園)'을 설립하였습니다.

설립멤버 중 한 사람이 우리 집에 가정교사로 왔었던 이케다 씨입니다.

"우리들이 지금까지 받아 온 농학교의 교육은 '청각구화법'이었습니다. 수어를 사용하면 손을 맞거나 손을 뒤로 묶이거나 해서 친구들 하고 자유롭게 얘기도 할 수 없었습니다."

그들은 눈치를 보지 않고 자유롭게 말할 수 있는 환경을 만들고 싶다는 강한 열망이 있었습니다. "듣지 못하니까 무리다."라고 생각해버려서 자존심에 상처를 받은 적도 많았습니다.

그래서 우리 스스로의 손으로 대안학교를 설립한 것입니다.

당시의 '다쓰노코학원'은 대상이 유치부 이상이었는데, 소문이 순식간에 퍼져서 100명 가까운 농아동이 모여들어 정원제를 도입할 정도였습니다.

드디어 수어로 아이를 키우고자 하는 우리들의 열성적인 활동으로, 일주일에 1회씩 하는 유아반이 시작되었습니다.

이것을 계기로 우리도 가정교사 대신 '다쓰노코학원'에 다니기 시작하였습니다.

70

다카다노바바에 있는 오래된 공단 아파트의 한 공간으로 좁고 덥다는 인상만 떠오르지만, 이곳은 수어교육을 소망하는 부모와 아이들이 안심할 수 있는 유일한 장소였습니다.

들리는 부모는 농아동에 대해 자기도 모르는 사이에 청인인 자기에게 맞추려고 하게 됩니다. 그러나 수어로 자유자재로 말하는 아이들을 보고 있으면 부모가 농아동에 맞춰주는 것이 중요하다는 것을 자연스레 느끼게 됩니다.

그래서 무엇보다도 같은 생각을 하는 사람들과 만나는 곳이라는 것이 정말 좋았습니다.

다쓰노코학원의 이벤트 때 청인 형제가 참가해도 될 경우에는 가이토도 같이 데리고 갔습니다. 듣지 못하는 동생과 의사소통이 가능하도록 가이토도 수어를 배웠으면 했기 때문입니다. 그리고 가이토 자신도 이케다 씨가 우리 집에 가정교사로 왔을 때부터 누구보다도 열심히 배우려고 했었습니다.

그런데, 1년 정도 지난 후부터 가이토가 달라져갔습니다. 그때가 마침 보육원 윗반으로 올라갔던 5살 경인데 화도 잘 내고 금방 토라지곤 하는 겁니다. 때로는 히로에게 심하게 대하기도 했습니다.

그런 가이토에게 손이 많이 가면서도 '반항기인가 보네'하며 그다지 대수롭지 않게 생각했습니다.

그리고 그해 여름, 아이들만 참가하는 다쓰노코학원의 캠프에 가이토와 히로가 참가하게 되었습니다. 씩씩하게 "다녀오겠습니다."

인사를 하고 나갔습니다만……

캠프에서 돌아 온 아이들을 데리러 갔을 때 스텝인 하세베(長谷部) 씨가 다가왔습니다.

"캠프장에 도착해서 그룹별로 아이들을 나누는데, 가이토는 누구와도 섞이려하지 않고 자기 혼자만의 세계에 갇혀있었어요. '왜 그러니?'하고 물어봐도 옆으로 고개만 흔들더라고요. 그래서 캠프 내내 제가 붙어있었어요. 이제 슬슬 가이토를 농인세계에서 조금 떨어뜨려놓는 게 좋을 것 같아요. 그 아이는 동생이 들리지 않는다는 사실을 잘 받아들이고 있고 수어도 할 수 있으니 괜찮아요. 이번에는 가이토의 세계를 넓혀주세요."

가이토야, 미안해

아이들은 4살부터 5살 사이가 말을 제일 많이 배우는 시기입니다. 새로운 단어나 새로운 체험을 점점 많이 하게 되어 엄마 아빠에게 하고 싶은 얘기가 많아집니다.

그러나 그것을 수어로는 다 표현할 수가 없지만 히로가 있을 때는 당연히 수어로만 해야 합니다. 하고 싶은 말은 엄청 많은데 수어 실력이 부족해서 자기 기분을 다 나타낼 수가 없는 가이토의 조바심이 한계에 다다른 것입니다.

수어가 모어인 히로와는 달리 가이토는 자신의 모어인 일본어와 제2언어인 수어 사이에 끼어서 무의식적으로 스트레스가 쌓여있었던 것입니다. 엄마를 히로에게 빼앗겼다고 생각해 동생을 질투하게 되고 엄마 아빠에게 반항하고 농인과 수어하는 것에 대한 반발과 다쓰노코학원에 반발하게 되었던 것입니다.

이 무렵 가이토의 말버릇은 "나도 농인이었으면 좋았을 텐데……."였습니다.

나는 그 말을 듣고도 "엄마도 농인이었으면 좋았을 텐데."라고 했었습니다. 그것은 내가 농인이었다면 히로와 더 많은 얘기를 할 수 있어서, 가이토하고 말할 때처럼 여러 가지를 알려줄 수 있다고 생각했기 때문입니다.

그러나 가이토의 "나도 농인이었으면 좋았을 텐데."는 전혀 다른 의미였습니다.

"나도 농인이었으면 엄마에게 더 사랑을 받을 수 있어." 내가 히로에게 보여준 애정이 자기보다 더 크다고 느꼈던 것입니다. 물론 그럴 리는 없지요. 가이토도 히로도 나의 소중한 보물입니다.
동생을 위해 애썼던 가이토의 조그만 가슴에 응어리가 커져가고 있는 것을 눈치채지 못했습니다.
"가이토야, 미안해."

캠프에 다녀온 가이토를 꼬옥 껴안았습니다. 그 날부터 되도록 가이토와 둘만의 시간을 가지려고 노력했습니다.

둘이서 공원에 가서 실컷 놀았습니다.
둘이서 영화도 보고 이야기도 아주 많이 했습니다.
가이토만을 위해서 책도 많이 읽어 주었습니다.
지나간 일 년을 되돌렸으면 하는 마음으로 둘만 지내는 시간을 만든 것입니다. 그렇지만 가이토의 가슴 속에 생긴 응어리는 쉽게 풀어지지 않았습니다.

히로한테 그림책을 읽어주고 있으면, 가이토가 달려와서 "소리 내서 읽어 줘."라고 주장하게 되었습니다. 그래서 나는 소리를 내어 읽으면서 손을 움직였습니다. 그러자 몇 번째 쯤 이었을까 가이토가 말하는 것입니다.
"재미없어, 소리로만 읽어 줘."
가이토의 말에 놀라서 옆을 보니 히로도 내 옆을 떠나서 혼자 놀고 있었습니다.

"역시 어중간하게 해서는 안 되겠어."

이 후부터 가이토에게는 소리내어, 히로에게는 수어로 읽어 주기로 했습니다.

음독과 수어로 아주 바빴지만, 가이토하고 많은 시간을 가지게 되었고 가이토는 자기 나름대로 수어와 일본어를 나누어 사용하게 되었습니다. 드디어 가이토의 제1기 반항기가 고개를 넘었습니다.

재미있게도 가이토는 무언가를 호소할 때는 수어로 하는데, 예를 들면 감기로 열이 나서 누워있을 때

"엄마 사과 먹고 싶어."

말로 하면 될 것을 왜 그런지 수어로 합니다. 이것은 이중언어 (bilingual)로 키우는 아이들에게 잘 보이는 현상이라고 합니다. 좀 약해져 있을 때나 어리광 부리고 싶을 때에는 약한 쪽의 언어가 나온다고 합니다. 신기한 일이지요.

우리 부부는 장남인 가이토와 차남인 히로와 4인 가족입니다. 부부나 아이들이나 서로를 배려해 주는 마음이 없다면 상대방의 기분을 진정으로 이해할 수는 없습니다.

부부니까, 부모자식 사이니까, 가족이니까 서로 맞추는 것이 당연한 것은 아닙니다. 한 사람의 인간으로써 진심으로 마주 대하면서 서로의 관계를 쌓아가야만 한다는 것을 아이들 둘한테 배웠습니다.

그리고, 이 두 아이의 엄마라는 것에 마음속으로부터 감사했습니다.

"고마워! 가이토. 고마워! 히로."

아빠들의 각오

'전국 농아동을 둔 부모회'를 설립하고 총회를 열었을 때의 일입니다.
모임의 방침 등을 정하는 중요한 회의이므로 수어의 수준은 당연히 높습니다. 당시에 엄마들은 수어를 배운지 아직 반년도 안 되었고, 아버지들은 농아이들이나 다쓰노코학원 스텝들과 만난 시간도 많지 않으며 직장에도 다니고 있었기 때문에 아무래도 수어를 능숙하게 할 수 없었습니다.

남편이 "회의 할 때는 수어 통역이 필요하려나? 수어를 통역해 줄 사람이 있는 편이 좋을지도 모르겠네요."라고 말한 순간,
"당신은 아들과 말할 때 통역을 부르나요?"
들리지 않는 엄마 한 사람이 일어났습니다. 화가 나있는 상태로 하는 수어라 너무 빨라서 잘 알아볼 수가 없었습니다.
"좀 천천히 부탁합니다."
허둥지둥 남편이 부탁하자
"이게 내 수어입니다! 제가 말하는 방법입니다."
표정이 더 험악해지며 수어도 더욱 빨라졌습니다.
남편을 포함해 출석했던 아버지들은 "자기 아이와 말할 때 통역을 부른다는 것은 있을 수 없는 일이네"라며 각오를 단단히 했습니다.
아버지들뿐만 아니라 그 모임에 참석했었던 엄마들도 모두 "수어로 키운다."라고 선언했던 일을 새삼 가슴에 깊이 새기고 결심한

순간이었습니다.

그 이후로 '전국 농아동을 둔 부모회'에서는 어떤 장소에서든 농인이 한 사람이라도 있으면 수어로 말한다는 암묵적인 규칙이 만들어졌습니다.

그래서 아버지들도 필사적으로 수어를 배웠습니다.

변혁에는 저항이 따르는 법

'다쓰노코학원'에 다니는 것을 농학교에 알리지 않은 사람들도 많이 있었습니다.

오래도록 '청각구화법'으로 계속 교육을 시켰던 선생님들 중에는 수어로 가르치는 '다쓰노코학원'을 불쾌하게 생각하고 있는 분이 적지 않았기 때문입니다.

'다쓰노코학원'을 한 번도 와보지 않고 부정적인 소문을 흘리는 사람도 있었습니다.

"농학교가 수어로 가르치는 것을 늘 부정적으로 본다면 교육의 질은 떨어질 수밖에 없으니 수어로 하는 교육도 인정해줬으면 좋겠다."

바라는 것은 단지 이것뿐인데 이루어지지 않았습니다.

'다쓰노코학원'의 스텝 중에는 유아부나 초등부 시절 기숙사에서 살았던 농인도 있었습니다.

"어렸을 때부터 기숙사 생활이 힘들지 않았어요?"

"집에 가도 수어를 모르는 부모님과는 충분한 대화가 안 되니까 집에 있어도 외로웠어요. 가족과 함께 있어도 외로웠지요."

'청각구화법' 일색으로 정보도 없던 시대에 들을 수 있는 부모가 수어를 배워서 듣지 못하는 아이와 대화한다는 것은 상상도 못했을 것입니다.

가족도 수어를 배워 아이들과 충분히 얘기하면서 가족 간의 끈을

두텁게 해가는 것은 무엇보다도 중요할 텐데 말이지요.

우리들 부모회 멤버는 농학교의 졸업생이면서 '청각구화법'으로 배운 20대 농인이 자신들의 손으로 수어를 사용하는 대안학교를 설립한 의미를 새삼 무겁게 받아들였습니다.

그래서 더욱 약속을 다져갔습니다.

물론 변혁에는 언제나 저항이 따른다는 것을 멤버 모두 뼈저리게 느끼면서…….

부모가 없어도 아이는 자란다???

'들리는 부모가 수어로 농아동를 키운다'라고 결심하고 고민 고민 하면서 매일 분투하는 것을 아는지 모르는지 아이들은 나름 씩씩하게 커가고 있습니다.

세 살이 된 히로의 호기심은 나날이 많아져서 애한테서 눈을 떼면 어딘가로 뛰어가 버리곤 합니다. 둘째는 어느 가정에서나 장남보다 장난꾸러기가 많다고 합니다.

"히로야, 밥 먹어라."
어느 날 아침을 차리고 있는데 언뜻 보니 히로가 안보였습니다.
"큰일 났다! 히로가 없어졌어."
"뭐! 히로가 없어?"
당황한 남편은 자전거를 타고 밖으로 달려 나갔습니다.
저는 욕실, 화장실, 침실을 몇 번씩이나 들여다보았습니다.
"왜 그래? 히로가 없어? 밖에 나갔나⋯⋯."
가이토는 우왕좌왕하는 부모를 흘낏 보면서 아침을 먹고 있습니다.

10분 정도 지났을까,
"편의점에 있었어."
남편 목소리에 밖으로 뛰어 나가보니 히로가 의기양양한 얼굴로 편의점 비닐봉투를 달랑거리고 서있었습니다.
비닐봉투 속에는 빨갛고 노란 10엔짜리(약 100원) 껌이 잔뜩 들어있었습니다.

"봐-봐, 이렇게 많이 샀어."

이렇게 좋아하는 얼굴에 대고 화를 낼 수가 없었습니다.

"아까 저기서 100엔짜리(약 1,000원) 동전을 주웠어. 그래서 혼자 껌을 사가지고 왔어. 나 잘했지."

그만 맥이 빠졌습니다!

집에서 100엔을 주운 히로는 그 동전을 손에 꼭 쥐고 편의점으로 갔다는 것입니다. 게다가 늘 한 개씩 밖에 안 사주었던 10엔짜리 껌을 10개나 사고 점원에게 비닐봉투까지 얻어서 대만족이었습니다.

물론 그 날 히로는 하루 종일 무척 기분이 좋았습니다.

어렸을 때 나도 10엔짜리 동전을 손에 꼭 쥐고 근처의 사탕가게에 갔었습니다. 스스로 돈을 내고 좋아하는 것을 산다는 것은 누구라도 기쁘지요.

부모의 걱정은 아랑곳없이 씩씩하게 잘 자라고 있습니다.

그 후부터는 일정한 금액을 주고 그 편의점으로 혼자 물건을 사러 자주 보냈습니다.

편의점 누나와도 가까워져서 히로의 단골가게 제1호가 되었습니다.

언제나처럼, "편의점에서 아이스크림 사게 돈 줘."하고 조릅니다.

무더운 여름날이라 500엔짜리 동전을 주면서 "형하고 엄마 꺼도

사와."하고 보냈습니다. 조금 후,

"다녀왔습니다." 히로는 아이스크림이 아닌 꼬치구이가 들어있는 봉투를 내밀었습니다.
"아이스크림 사러 간 거 아냐?"
"꼬치구이집 앞을 지나가는데 굉장히 맛있는 냄새가 나잖아, 그래서 아이스크림 대신에 꼬치구이를 사 왔어. 엄마랑 형 것도 있어."
히로도 나도 그 가게에서 꼬치구이를 산 적이 없었습니다.
게다가 가게 주인에게 직접 주문하는 대면식 가게.
가게주인에게 폐를 끼치지는 않았을까 걱정이 되어 서둘러 꼬치구이 집으로 갔더니,
"골똘히 생각하고 골라서 샀어요. 귀여운 녀석이네요."

처음에는 하나에 120엔짜리 가시라(돼지머리 부분_옮긴이 주) 5개를 사려다 돈이 부족하니까, 한 개에 100엔인 모모(닭 넓적다리_옮긴이 주)로 바꿨다는 거 아닙니까. 물론 전부 바디 랭귀지로요.

"잘 통했어요. 또 오세요."
가게주인도 싱글벙글 기분이 좋은 것 같았습니다.
꼬치구이를 덥석 물고 먹고 있는 히로와 형인 가이토.
"엄마는 안 먹어?"

"물론 먹지, 잘 먹을게."

한여름 무더운 날인데도 불구하고 그 날 우리 집 간식은 '꼬치구이'였습니다.

"맥주라도 마셔야지. 안 되겠네."

"나는 콜라"

"난 주스"

"부모가 없어도 아이들은 자라는 거지……"

앞으로의 일이 상상이 되는 즐거운 그런 여름 한날이었습니다.

농학교 유치부에

2001년 봄.

세 살이 된 히로는 유치원에 가는 나이가 되었습니다. 주 1회 통학하고 있는 다쓰노코학원과 병행해서 시나가와 농학교 유치부에 입학하였습니다.

'다쓰노코학원'에서 배운 수어를 계속 사용하면서 키우고 싶은 우리 부부는 입학 전 교장과 면담할 때 요청서를 제출하였습니다.

① 아이의 모어가 수어인 것을 인정해주세요.

② 아이가 수어로 말하는 내용을 제대로 파악해주세요.

③ 아이가 알아들을 수 있는 언어로 말을 걸어 주세요.

지금까지 시나가와 농학교 유치부에서는 수어를 일체 사용하지 않았습니다. 이제부터라도 수어도 인정해주기를 바랐습니다.

요청서를 본 교장선생님의 대답은 "지금까지 우리가 해 온 교육을 다마다 씨가 과소평가하고 있다니 대단히 유감입니다."였습니다.

새로운 선택지를 만드는 것이 그렇게 잘못된 일일까? 수어를 사용하는 교육이 그렇게 나쁜 걸까? 의문은 커져만 갔습니다.

당시 농학교의 교육은 이런 상황이었습니다.

선생님이 '책상'이라는 그림카드를 가지고 "이것은 무엇입니까?"하고 질문합니다.

아이들이 수어로 "책상입니다."라고 대답을 해도 인정해 주지 않습니다.

"책. 상"이라고 구화법으로 발음했을 때만 "네. 잘 했습니다."하고 인정을 해 주는 것입니다.

고개를 갸웃거리지 않을 수가 없습니다.

왜 이렇게까지 고집스러울까요.

아이들이 아무리 열심히 대답해도 인정받지 못한다는 것은 정말 슬픈 일입니다. 대답하는 방법이 수어인지 구화법인지가 아니라 답이 맞는지 틀리는지를 평가해야한다고 생각합니다.

왜 수어로 하는 대답은 인정하지 않을까요. 도대체 왜 그렇게도 '청각구화법'에 목매다는지 이해할 수가 없었습니다.

자, 드디어 유치부 입학식입니다.

농학교에서는 신입생과 보호자가 단상에서 자기소개를 하는 것이 관례였습니다.

식장에는 재학생과 학부형들 선생님들이 모두 모여 있습니다.

한 그룹씩 순서대로 목소리를 내어 자기소개를 하기 시작했습니다.

다음은 우리 차례. 심장이 벌렁벌렁 밖으로 튀어나올 것만 같았습니다.

"나의 이름은 다. 마. 다. 히. 로입니다. 잘 부탁합니다."

꾸벅.

만족스러워하는 히로.

"저는 다마다 히로의 엄마인 다마다 사토미입니다. 잘 부탁합니다."
긴장 섞인 웃는 얼굴로 머리를 숙였습니다.

우리 둘 다 수어로 자기소개를 한 것입니다.

어이없어하는 참석자들.
반응은 예상하고 있었지만 그래도 수어로 자기소개를 하리라고 이전부터 마음을 먹었습니다.
식이 끝나자 농인보호자가 다가왔습니다.
"수어로 자기소개한 것은 당신들이 처음이에요, 대단해요!"
대단한지 어떤지는 그렇다 치고, 파문을 일으키는 것이 아주 중요하다고 생각한 것입니다.

히로의 담임 선생님은 후지야마(富山)농학교 고등부에서 교편을 잡은 후, 민간 기업에 근무하면서 아동심리학을 공부한 경험이 있었습니다.
"유치부 동안에는 발음 훈련보다 서로 대화를 나누고 놀이나 공부의 규칙을 자연스럽게 배우게 하고 싶습니다만."
부모로서의 요청 사항을 전달했습니다.
후지야마농학교 졸업생과 지금도 교류를 하고 있다는 선생님은 수어에 관대한 분이었습니다.

"어디까지 가능할지는 모르겠지만 애써보겠습니다."
웃으며 *끄덕였습니다.*

농학교 유치부는 어머니 동반이 기본입니다.
수영장에서 옷을 갈아입을 때나 다른 교실로 이동할 때도 보호자
가 같이 해주고 수업시간에도 교실 뒤에서 대기합니다. 그래서 엄
마들은 직장을 그만두는 것이 당연한 일입니다.
일을 계속하고 있던 나를 두고 빈정거리는 것이 한 두 번이 아니었
습니다.
못 듣는 자식이 있는 부모는 지푸라기라도 잡는 심정으로 키우고
있습니다. 아이들은 의사표현을 제대로 할 수가 없습니다.
그런 상황에서 선생님과 보호자, 선생님과 아이 사이에는 절대적
인 주종관계가 생깁니다.
'청각구화법'에 의한 교육보다 그런 관계에 큰 문제가 있다고 느낄
수밖에 없었습니다.
당시 유치부에 일상적으로 아이들을 때리는, 이 일이 삼십 년 째라
는 베테랑선생님이 있었습니다.

"몇 번을 말해야 알아듣니!"
쨍-
언제나 이 선생님의 큰 목소리가 복도에 울려 퍼지고 있습니다.
못 듣는 아이들을 상대로 늘 큰 소리를 지르는 선생님입니다.

못 듣는 아이들에게 큰소리를 낸다. 이런 모순이 도저히 이해가
되지 않았습니다.

어느 날 도저히 참을 수 없었던 나는 교정 한가운데서 선생님에게
말했습니다.
"아이를 때리지 마세요!"
"머리는 안 때렸어요!"
"네에?"
그 한마디에 질려버렸습니다.
"머리가 아니라면 때려도 좋다는 겁니까?"
잠시 동안 아무 말 없이 마주보고 서있었습니다.
"……!"
"때리지 않아도, 이야기 하면, 수어로 설명하면 알아듣잖아요."

"정말, 미안하게 됐. 습. 니. 다!"
"네에? 저한테 사과하시는 건 의미가 없습니다."
"그럼, 누구한테 사과하면 되나요?"
"누구한테 라니……."
이런 옥신각신이 약 한 시간 정도 계속되었을까요. 이층에 있는 교
무실에서 여러 명의 선생님들이 걱정스럽게 지켜보고 있었습니다.
"저는 30년간 이런 방법으로 가르쳐 왔습니다. 어머니들은 모두
감사해하며 졸업했습니다."

그렇게 말하고는 건물 안으로 들어가 버렸습니다.

그날 밤, 맞았던 아이의 집에 선생님의 팩스가 한 장 도착했습니다.
"앞으로는 되도록 때리지 않도록 하겠습니다."
보내 온 팩스에는 이렇게 쓰여 있었다고 합니다.

우리 집에 낸시가 왔다

히로가 유치부에 입학하던 해 가을. 우리 집 근처에 사는 훌륭한 조언자인 시라토리 씨의 소개로 캐나다인 농인이 홈스테이를 하게 되었습니다.

낸시 드라비스. 25세.

미국에 있는 농인을 위한 대학(수업은 전부 미국 수어로 진행 됨)을 졸업하고, 웨스턴 메릴랜드 대학원에서 이중언어농교육을 공부하고 있는 여성입니다.

청인 아버지와 어머니, 오빠 이렇게 4인 가족.

우리 집과 환경이 아주 비슷했습니다.

낸시의 모어는 미국 수어이고 제2언어는 영어입니다. 도대체 의사소통을 어떻게 해야 할지 걱정이 되지만 마음을 단단히 먹고 수어와 바디 랭귀지로 부딪쳐보기로 했습니다.

그런데 어떻게든 소통이 된다는 것이 희한합니다.

농인 가정교사 이케다 씨가 우리 집에 처음 왔을 때도 그랬듯이 소리로 말하는 것만이 대화가 아닌 것입니다.

서로 감정을 교환하는 것이 대화이고 의사소통이었습니다.

상대를 이해하려고 하는 자세와 전달하려고 하는 생각이 중요하다는 것을 다시 한 번 알게 되었습니다.

다쓰노코학원 스텝에게 낸시를 소개했는데 낸시는 일본인과 일본수어로의 대화를 통해서 일본수어를 점점 익혀 갔습니다.

시나가와 농학교 문화제에 낸시를 데리고 갔을 때의 일입니다.

1933년부터 변하지 않은 '청각구화법'의 세계를 목격한 그녀는 대학시절 교육사에서 배웠던 교육이, 21세기인 지금 자기 눈앞에서 펼쳐지고 있는 것에 놀라, 일본 농교육의 뒤처짐에 기함을 했습니다.

"아직도 이렇게 합니까? 믿을 수가 없네요."

낸시와 함께 지낸 10개월이 우리 가족을 성장시켰습니다. 낸시의 활달한 모습에 히로의 장래를 오버 랩 시켜 볼 수가 있었고, 일본어에 의지하지 않는 '전달할 수 있는 능력'을 몸소 체험한 것을 살려서 히로와의 대화에 사용했습니다.

게다가 낸시와의 생활은 "수어로 키운다."고 선언한 우리 부부의 불안을 없애주고 오히려 밀고 나가게 하는 힘이 되었습니다.

농학교 유치부 2학기가 시작된 지 얼마 되지 않았을 무렵, 기억에도 생생한 9.11 동시 다발 테러가 일어났습니다.

텔레비전에서 뉴욕의 무역센터 빌딩에 여객기가 돌진하여 폭발하는 영상을 계속 반복해서 보여주고 있는 것을 히로와 우리들은 빠져들듯이 보고 있었습니다.

"아빠! 이거 영화야?"

"아니 정말로 일어난 일이야."

"정말로 일어났어? 왜? 왜?"

누구에게나 엄청난 충격적인 사건이었음은 말할 것도 없습니다.

사건의 내용을 이해하는지 어떤지는 그렇다 치고, 다음 날 학교에서 한 살 위의 남자아이와 수어로 이야기하느라 정신없었습니다. 그 남자아이는 가족 모두가 농인이어서 수어를 할 줄 압니다.
"야! 야! 봤니? 봤어? 굉장했어. 붕- 꽝!"
옆에 있던 선생님은 수어를 전혀 못하는 사람입니다. 그래서 아이들이 흥분해서 얘기하고 있는 내용도 아이들의 솟구치는 흥미나 의문에도 대답할 수가 없으니 그저 준비해 온 회화공부를 담담하게 시작했습니다.
"자, 달맞이에 대해 이야기하겠습니다."
입을 크게 벌리고 '청각구화법'으로 설명하기 시작했습니다.
"오. 쯔. 끼. 미(달맞이_옮긴이 주)"

"빌딩이 부서졌어. 그거 정말이래."
"누가 나쁜 걸까?"
히로와 친구 둘이서 수어로 이야기 삼매경입니다.
"자-, 달맞이이예요."
대화가 전혀 맞지 않습니다.
아이는 아이 나름대로 지금 현실에서 일어나고 있는 일을 이해하려고 합니다. 지금의 현재를 느끼며 살고 있고 왕성한 호기심으로 끊임없이 흥미를 갖습니다. 무슨 일이 일어났을 때 그 일을 충분히 설명하고 생각하게 함으로써 조금씩 사회를 이해해 가는 것이라고 생각합니다.

"아-, 이 괴리감."

수어를 아는 학부형들끼리 얼굴을 쳐다보며 어깨를 으쓱 움츠렸습니다.

농학교에서는 수어를 할 줄 모르는 선생님들이 교편을 많이 잡고 있습니다.

듣지 못하는 아이들은 선생님의 목소리도 자기가 발음하는 소리도 들을 수 없는데도 불구하고 선생님은 아이들에게 소리를 내라고 재촉만 하지, 수어를 배우려고는 하지 않았던 것입니다.

그러니 흥분하면서 수어로 얘기하고 있는 아이들이 무엇에 대해 흥분하고 있는지 알 리가 없습니다. 수어를 모른다고 해도 아이들이 왜 흥분하고 있는지, 무엇에 의문을 가지고 있는지 이해하려고 하면 되는 것입니다. 아이들에게 가까이 다가가려고 하면 표정이나 동작으로도 의사소통이 가능한 것이지요.

그런데도 눈앞에서 펼쳐지고 있는 아이들의 대화를 무시하고 사전에 준비해온 수업만을 한다면 아이들의 기분은 모르는 채로 있는 겁니다.

지금 눈앞에 있는 아이가 무엇을 느끼고 무엇에 흥미를 나타내고 있는지를 이해하지 못하는 교육이 오랫동안 실시되어 온 것입니다.

선생님은 자신들이 하는 방법으로 소리를 내게 할 뿐 아이들의
기분을 받아들이려고 하지 않았던 것입니다. 소통은 서로 간에
오고가기 시작하면서 성립되는 것인데.
역시 무엇이라도 하지 않으면 안 되겠다고 생각했습니다.

머나먼 여정의 시작

종래의 농학교에 의문을 갖고 있었던 사람은 '전국 농아동을 둔 부모회' 회원들 뿐만은 아니었습니다.

어느 날, 한 학부형이 상담을 청해왔습니다.

"우리 아이는 농학교의 선생님이 무슨 말을 하는지 몰라서 학교에 가기 싫다고 해요. 일본수어로 수업하고 있는 학교에 보내고 싶은데 어디로 가면 되나요?"

교육위원회에 가서 상담을 해도

"그런 요청이 있다면 학교는 거기에 응답하겠지요."라는 대응뿐이었다고 합니다.

"학교가 응해 주지 않으니까 교육위원회로 간 건데."

기가 막혔습니다.

못 듣는 자녀가 있는 많은 부모들이 일본에서 고군분투하고 있었습니다.

"못 듣는 아이에게 일본수어로 교육을 받게 하고 싶다."

단지 이것만을 부르짖고 있는 건데 그때는 단지 이것을 이루는데 8년이라는 세월이 걸릴 줄은 누구도 예상하지 못했습니다.

8년이나 걸릴 줄은…….

나는 시나가와농학교에 수어교육을 몇 번이나 계속 요청했지만, "교육과정으로 정해져 있다."라는 대답만 늘 되돌아 왔습니다.

교육위원회에 간다고 해도 농학교 교사 출신이 많은 특별지원교육 담당부서가 더더욱 불모지라는 것은 자명한 일이었습니다.

이런 일도 있었습니다. 교사의 난폭한 언동에 공포심을 느낀 어느 중학생이 등교를 거부한 것입니다. 그 학부형은 물론 학교에 상담하러 갔습니다. 학교에서는 해결이 나지 않아 할 수 없이 교육위원회로 갔는데 결국 이 일이 학교에 알려지고 그 아이는 선생님들에게 "너의 엄마는 유별난 사람이다."라는 말을 들었다고 합니다.

농학교에게 요청해도 통하지 않고, 교육위원회에서도 귀를 기울여 주지 않았습니다. 남은 곳은 문부과학성(문화체육관광부_옮긴이 주)밖에 없습니다.

'전국 농아동을 둔 부모회' 회장인 오카모토 씨와 나, 거기에 '다쓰노코학원' 탄생 이전부터 쭉 청년농인의 취재를 계속하고 있던 저널리스트 사이토 미치오(斎藤道雄) 씨까지 셋이서 문부과학성 특별지원교육과를 방문하였습니다.

우리들은 전국 농학교의 현실과 수어교육의 필요성과 요구를 해외의 사례를 들어 과장 보좌에게 일목요연하게 설명을 했습니다.

"해외에서 하고 있다고 해도 수어로 하는 교육에 대한 실천 데이터도 없고……."

"현재 상황에 문제가 있으니까 이렇게 찾아온 것입니다. 어쨌든

나라에서 이중언어농교육에 대한 연구를 시작해 주십시오."
"문부과학성은 연구기관이 아니고 그것을 연구하는 곳은 국립특
별지원교육종합연구소(현재는 독립행정법인)입니다."
너무도 차가운 반응에 낙담을 하였습니다.
"여기도 안 되는 건가."

말이 나온 김에 이중언어농교육은 '일본수어'와 '서기일본어(이
하, 일본어 읽기·쓰기로 번역_옮긴이 주)'라는 두 개의 독립된 언어로 하
는 교육을 일컫습니다.
나중에 국립특별지원교육종합연구소의 청각장애아교육에 관한
연구보고서에서 수어에 관한 내용을 전부 찾아내서 뭐가 어떤 식
으로 연구가 되었고 어떤 결론으로 유도되었는가를 조사해 보았
습니다만, 모두가 "수어에 의한 교육효과에는 의문이 있음", "일
본에 적합한지에는 의문이 있음"이라는 내용으로 결론이 나 있었
고 그 의문의 이유나 데이터는 나와 있지 않았습니다.

학생을 생각하지 않는 교육계의 실태에 어처구니없어 하면서 부
모회 멤버들은 사면이 막혀 있는 상황을 어떻게든 타파하기 위해
서 지혜를 짜고 힘을 합해서 조금씩 진진해 나아갈 수밖에 없었
습니다.
포기할 수는 없었습니다.
사랑하는 아이들의 장래가 걸려있는 문제이니까요.

제3장 수많은 벽을 넘어서

히로의 작은 결단

유치부의 6세 반 여름방학이 끝난 2학기 첫날.
"자, 학교에 갈 거니까 보청기 껴야지."
"나, 보청기 안 껴."
"집에서는 안 해도 되지만 학교에서는 껴야해."
"왜? 형도 안하고 있잖아."
"형은 들리니까."
"엄마는 언제나 모든 사람이 평등하다고 말하잖아"
"아니! 그렇긴 해도……."
히로가 자기 스스로 내린 최초의 결단이었습니다.

2학기 종업식이 끝나고 돌아올 때의 일입니다.
"나는 이제 농학교에 안가."
갑자기 말을 꺼냈습니다. 특별히 이유를 설명하려고 하지도 않습니다.
"무슨 일이 있었나?"
신경이 쓰이면서도 연말연시라 바빠서 까맣게 잊고 있었습니다.
3학기 첫날.
"히로야, 오늘부터 신학기네."
"엄마, 내가 말했잖아, 더 이상 농학교에 안 간다고."
"왜?"
"안 가기로 마음먹었어. 안 간다고 했잖아."
역시 이유는 말하지 않습니다.

"그럼, 어떻게 할 거니?"

"다쓰노코학원에 갈 거야. 다쓰노코 안 가는 날에는 집에 있을 거야."

그래서 다쓰노코학원 스텝에게 이유를 물어봐 달라고 부탁했습니다.

물어보니 히로가 거꾸로 직원에게 질문을 했다는 것입니다.

"급식을 먹을 때 친구와 얘기하면 안 되나요?"

"수업 중에는 안 되지만, 급식 때는 괜찮을 것 같은데."

"근데, 농학교 선생님은 안 된다고 했어요."

"친구하고 얘기하고 싶었니?"

"나도 친구도 얘기하고 싶었어요. 그런데 선생님이 안 된다면서 계속 야단 치셨어요."

"선생님은 왜 안 된다고 하셨니?"

"이유는 몰라요. 계속 계속 계속 화를 냈어요. 울음이 나오려고 했지만, 참았어요."

히로가 갑자기 농학교에 안 가겠다고 말한 것은 이유도 모른 채 야단을 맞았기 때문이었던 것입니다. '이유도 모른 채' 일본수어를 사용하지 않는 농학교에서는 언제나 '이유도 모른 채' 선생님의 지시에 따를 뿐이었습니다.

2, 3일 지나서 농학교 친구의 엄마한테서 메일이 왔습니다.

"히로가 학교에 안 오게 돼서 우리 애가 외로워하고 있습니다. 선생님에게 야단맞고 학교에 안 오게 됐다고, 그래도 왔으면 좋겠다고 우리 애가 그럽니다."
"본인이 납득하지 않으면 무리해서 보내도 역효과가 날 겁니다. 잠시 동안 지켜보려고 합니다."라고 답을 보냈습니다.

아이도 아이 나름의 생각이 있고, 아이 나름의 마음이 있습니다.
히로 자신이 하나하나 자기 나름대로 생각해서 결정해갈 수밖에 없습니다.
"무슨 일이 있어도 이 아이를 존중해 주자."
우리 부부는 그렇게 정했었습니다.

그 무렵에 히로는 자기가 들리지 않는다는 것을 이해하고 있었습니다.
내가 운전 하던 중 조수석에 앉아있던 히로가 창문을 열었을 때,
"히로야, 트럭이 시끄러우니까 창문 좀 닫아줄래?"
"나는 시끄럽지 않아, 안 들리니까. 부러워?"
"……그러네, 확실히 히로는 시끄럽지 않아서 좋겠네."

집 앞에서 도로공사가 시작되어 창문을 닫으려고 하면,
"엄마는 시끄러워? 난 괜찮은데, 들리는 사람은 힘들겠네."
본인이 못 듣는 것을 긍정적인 것으로 받아들이고 있었습니다.

이제부터 더욱 더 많은 것을 느껴 가겠지요.

자기 자신의 경우를 객관적으로 받아들이면서 성장해 갈 것입니다.

가능한 교육을 다 받게 하고 싶고, 못 듣는 아이는 거기에 상응하는 교육방법으로 배우게 해주고 싶습니다.

그렇게 한다면 아이들이 제각각 가지고 태어난 자질을 키울 수 있을 것입니다. 그러면 저희들이 자신들의 손으로 자기의 미래의 문을 열어가며 살아갈 수 있을 것이라고 믿고 있습니다.

모든 부모들은 아이들의 성장에 한편 놀라고 한편 격려를 받습니다.

그래서 좌절할 때마다 이 아이들의 미래를 생각해서 끊임없이 달리고 달려왔습니다.

다쓰노코학원도 어려운 문제가 산더미

2002년 가을.

대안학교인 '다쓰노코학원'은 재정과 활동장소 확보라는 점에서 난국에 직면해 있었습니다.

스텝들은 1회에 겨우 500엔(약 5,000원) 받는 자원봉사자들입니다. 다카다노바바단지의 공간 한 곳도 많은 가족이 모이는 장소로는 한계에 달했습니다. 아이들이 마음껏 달리고 뛰어놀아도 방해받지 않는 좀 싼 곳은 없을까하고 부모들이 시내를 부지런히 뒤지고 다녔습니다.

물론 쉽게 찾을 수 없었습니다.

"그래, 폐교를 알아보자." 도쿄도(都)내 23개 구 담당 시설관리과에 전화를 해서 사정을 설명했지만 돌아오는 답은 언제나 어렵다는 얘기뿐이었습니다.

그래도 포기하지 않고 계속 찾아다니다가 빌려준다는 곳을 드디어 찾게 되었습니다. 도시마구(區)에 있는 폐교(구 센가와초등학교)입니다.

일반 이용자와 마찬가지로 매일 아침 사용물품을 가지고 갔다가 저녁 5시에는 물품들을 들고 나와야 하는 시간제 임대였지만, 아이들이나 부모들이나 지금까지 있던 곳보다 넓은 곳으로 다닐 수 있어서 기뻐했던 것을 잘 기억하고 있습니다.

폐교 가까이에 활동 거점으로 하려고 두 칸짜리 방을 빌려서 사무소 겸 용품 두는 곳으로 사용했습니다.

한편 자금 조달은 해결의 실마리를 아직도 찾지 못하고 있었습니다.

이 상태로는 아무 것도 안 된다는 것을 알고 있었기에, 전부터 NPO(비영리단체_옮긴이 주) 공부모임에 나가고 있던 남편의 제안으로 NPO 법인자격 취득신청을 하기로 했습니다.

그것이 현재의 NPO 법인 '이중언어·이중문화 농교육센터' (Bilingual Bicultural Education Center for Deaf Children)입니다.

무척 긴 이름입니다만 '두 개의 언어와 두 개의 문화'라는 농인직원의 생각이 들어간 것입니다.

이 일이 끝나니 이번에는 도시마구(區)의 방침이 바뀌어서 폐교를 빌려 쓸 수 없게 되었다는 것입니다. 이미 대안학교는 아이들도 반도 늘어나서 대가족이 되어 있었는데 말입니다.

또 다시 활동 장소 찾기가 시작되었습니다.

"도대체 왜 계속해서 문제가 생기는 걸까? 이래도 할래? 하는 것처럼."

활동장소를 찾는 과정에서 실현되지는 않았지만 기업이나 다른 NPO 분들이 한 가족처럼 같이 생각해주고 새로운 활동장소를 찾아 준 일도 여러 번 있었습니다.

"이 세상 아직 살 만하네."

사람들의 인정에 용기가 생긴 적이 한 두 번이 아닙니다.

또 활동을 통해서 많은 분들과도 만날 수 있었습니다.

NPO 법인 '아사자 기금'(Asaza는 환경운동 단체 이름으로, 노랑어리연꽃이라는 뜻임_옮긴이 주)의 이이지마 히로시(飯島博) 씨도 그 중 한 사람입니다.

이이지마 씨로부터 다른 방법으로 생각하는 법이나 과제 해결 방법을 배운 것이 이 후의 활동에 커다란 주춧돌이 되었습니다.

'아사자 기금'을 참고해서 사무국 직원들과 부모들은 활동내용을 다음의 네 가지로 나누어서 출발시켰습니다.

1. 문제점을 정리한다.

2. 전문가가 된다.

3. 행정 문제

4. 새로운 분야를 만들어 낸다.

네 가지 활동

1. 문제점을 정리한다.

농교육의 과제를 '보이는 형태'로 만들었습니다.

다쓰노코학원의 청인스텝인 하세베 토모코(長谷部倫子) 씨가 대학원에 들어가서 언어학의 세계에 처음으로 농교육의 문제를 가지고 들어갔습니다.
장애아교육이라는 관점 이외에는 다루어지지 않았던 농교육의 실태에 언어학 전문가도 놀랐다고 합니다.
더욱이 하세베 씨는 농아동과 교사의 대화를 기록·분석해서 언어정책학회 등에서 발표했습니다. 문제점을 숫자로 표시하여, 논리적이고 누구라도 이해하기 쉽게 했던 것입니다.
과제 해결을 위해 대학원에 들어간다는 하세베 씨의 의욕에 관심을 가진 언어학 전문가들이 나중에 '이중언어농교육' 교재나 커리큘럼 작성에 크게 공헌을 했습니다.

대안학교 활동과 병행해서 대학원에 들어가 착실하게 연구를 계속하고 있는 하세베 씨를 보고 많은 부모들이 분발했습니다.
이런 노력을 소용없는 것으로 만들어서는 안 된다며 각오를 다졌던 것입니다.

2. 전문가가 된다.

부모들은 "왜 '일본수어'가 필요한 것인가?", "'일본수어'와 '일본어대응수어'의 차이"도 공부했습니다.

'일본수어'와 '일본어 대응수어'의 차이를 간단하게 설명하겠습니다.
'일본수어'는 일본어와 다른 독자적인 언어입니다.
1878년에 만들어진 '교토맹아(盲啞)원'에서 못 듣는 아이들이 처음으로 모였는데 거기에서 자연스럽게 생겨난 의사소통 수단이 기원이라고 알려져 있습니다.
손의 움직임뿐만이 아니라 머리나 어깨의 움직임이나 표정에 규칙성이 있고 그것이 중요한 문법을 이루고 있습니다. 이후, 시대가 흐름에 따라서 세련된 언어체계가 확립되어 현재의 '일본수어'가 되었습니다.

한편, '일본어대응수어'는 일본어 어순에 따라서 수어단어를 나열하는 것으로 일본어를 하면서 손을 움직이는 '동시법'이라고 불린 것이 뿌리인 것 같습니다.
이것은 일본어를 하는 청인이나 일본어를 습득한 후에 병이나 사고로 들을 수 없게 된 중도실청인들은 사용하기 쉬워 일반사회에 점점 퍼져나갔습니다.

예를 들면 'Good morning'을 자연스러운 일본어로 번역하면 '오하요우 고자이마스'입니다.

영어단어의 순서를 그대로 일본어에 맞추면 '요이, 아사(좋은 아침_옮긴이 주)'가 됩니다.

농아동에게 자연스런 '일본수어'는 '오하요우 고자이마스', '일본어대응수어'는 '요이, 아사'와 같은 감각입니다.

이렇게 부모들이 확실하게 전문지식을 익혀가면서 아이들에게 자연스러우면서 스트레스가 없는 '일본수어'로 배워야 하는 필요성을 호소해 왔습니다.

3. 행정 문제

'아사자 기금'대표 이이지마 씨의 "행정은 싸우는 상대가 아니고 이해하고 납득시켜서 같이 활동하는 상대"라는 조언을 받아들였습니다.

행정이 앞으로 추진해야 하는 재료를 준비하는 것이 중요하다는 사실을 알게 되었습니다.

일반학교와 농학교 아동 한 명에 드는 예산을 계산해 보니, 일반학교는 연간 90만 엔(약 900만 원)인데 농학교는 연간 960만 엔(약 9천6백만 원)이 듭니다. 농학교가 약 10배가 더 듭니다.

교육비가 비싸다는 것보다 교육비에 걸 맞는 교육이 이루어지고 있는가?라는 것을 숫자화함으로써 교육의 질을 비교할 수가 있게 된 것입니다.

4. 새로운 분야를 만들어 낸다.

기존의 가치관이나 시스템으로는 해결이 안 되는 일은 새로운 가치관과 시스템으로 해결하기로 했습니다.

지금까지는 '장애인은 정상인에 가깝게'라는 가치관으로 농학교에서는 '청각구화법'에 의한 교육을 해왔습니다. 그러나 우리들은 새로운 언어교육 '이중언어농교육'이라는 관점으로 새로운 시스템을 창출하려고 했습니다.

기존의 교육방법을 추진하는 전문가들과 서로 맞지 않는 이야기를 되풀이하는 것보다 새로운 분야를 만들어냄으로써 선택의 폭을 넓히는데 의미가 있습니다.

우리는 "농아동은 불쌍한 '듣지 못 하는 아이'가 아닙니다. '수어로 말하는, 눈으로 듣는 아이'입니다."라는 긍정적 가치관을 만들어 낸 것입니다.

조언자와 1분 프레젠테이션

'아사자기금'의 이이지마 씨뿐만이 아니라 많은 사람들을 만났고 응원도 받았습니다. 그 한 사람 한 사람의 귀중한 조언이 활동하는데 많은 힘이 되어왔습니다.

전에 같은 직장에 있었던 구사카 기민도(日下公人) 씨로부터 이런 조언을 받았습니다.

"어디든지 가서 당신이 마음먹었던 일이나 생각을 말하세요. 어디서 누가 들을는지 모르니까요."

민간 씽크탱크 '소프트화 경제센터'의 마치다 요지(町田洋次) 씨는 이렇게 격려해 주었습니다.

"고민하는 시간이 아까워요. 빨리 NPO를 만드세요. 처음에는 힘들지만 산을 다 올라가면 편해집니다. 중간에 '좋은 사람' 만나면 단번에 비약할 수도 있으니까요."

무엇이 어떻게 연결이 되어 갈 건지 당시의 우리 자신들도 몰랐습니다.

단지 '사회와 연결되지 않으면 앞으로 나아갈 수가 없다.'라는 것만 알고 있었습니다.

그래서 그다지 관계가 없어 보이는 곳에도 나가 보기로 했습니다.

그렇게 이 분야를 넘어선 연결이 나중에 학교 설립의 호재로 작용했습니다.

이렇게 해서 분야를 초월한 공부모임이나 강연회에 출석하는 동안에 우리 부부는 그냥 출석만 하는 것이 아니라 많은 사람들에게 알리기 위한 '기법'을 익혀갔습니다.

그 '기법'이 '1분 프레젠테이션'입니다.

공부모임이나 강연회에 출석했을 때 반드시 다음의 두 가지를 실천했습니다.

① 강연회에 갔을 때 앉는 자리는 앞에서 1~3열의 한가운데.

② 질의응답 시간엔 반드시 손을 든다.

우선 ①은 강연자와 눈을 마주칠 수 있는 곳에 앉는 것으로 강연 후 바로 명함 교환이 가능합니다. 시간이 없어서 금방 강연장을 떠나야 하는 강사에게도 명함 교환의 기회를 놓치지 않습니다. 게다가 '질의응답' 때에 지명 받을 확률이 무척 높습니다.

그리고 ②의 '질의응답 시간엔 반드시 손을 든다.'

이것이 무엇보다도 중요합니다. 목적은 '1분 프레젠테이션'을 하기 위해서입니다.

'1분 프레젠테이션'의 내용은,

"오늘 귀한 말씀 감사합니다. 저는 듣지 못하는 아이들에게 수어로 교육하는 대안학교를 운영하는 NPO의 다마다라고 합니다. 일본 농학교에서는 1933년부터 수어를 금지하고 입만 움직이는 교육을 시키고 있습니다. 수업 중에 수어로 하면 손을 맞거나 묶이거나 합니다.”

강연장 안의 시선을 느낍니다. 그리고 여세를 몰아
“한편, 외국에서는 ‘수어와 읽기 쓰기’에 의한 이중언어교육으로
확실한 성과를 올리고 있습니다. 일본의 농교육에도 이중언어교
육을 도입하고자 하는 활동을 하고 있습니다만, 문부과학성의 벽
을 넘을 수가 없습니다.”

자연스럽게 자기소개를 하면서 활동내용을 프레젠테이션하고 나
서, “그런데 선생님의 말씀 중에서⋯⋯(강연내용에서 질문을 하
나 합니다).”

강연이 끝난 후에는 많은 사람들이 강연자와 명함을 교환하는데,
‘1분 프레젠테이션’을 한 우리는 이 때 새삼스럽게 자기소개를 할
필요가 없습니다.
활동에 관심을 가져주는 사람이 있다면 나중에 별도로 시간을 내
주겠다고 할 수도 있습니다. 강연자만이 아니라 강연장 안에서
관심을 나타낸 몇 사람은 명함을 교환하자고 합니다. 그리고 이
것이 굉장한 위력을 발휘합니다.
“좀 더 자세한 얘기를 듣고 싶다.”
“아는 사람 중에 전문가가 있는데 소개해 주고 싶다.”
“정보가 있으면 메일로 보내드릴게요.”

강연장에 있던 사람들이 홍보맨이 되어서 메일 소식지나 블로그, 입소문등으로 퍼져나갔습니다.

우리들은 수백 회의 강연회에 가서 '1분 프레젠테이션'을 계속 했습니다.

이러한 활동을 3년 정도 착실하게 지속하면서 각양각색의 사람들과의 연결고리가 자연스럽게 생겨났습니다.

어느 때는 남편이 출석한 회합에서 SVT(도쿄 소셜 벤처스, 현 소셜 벤처 파트너즈·도쿄)대표인 이노우에 히데유키(井上英之) 씨가 "SVT에 응모해보지 않겠습니까?"라고 말했습니다.

요즈음에는 우리들의 활동범위가 조금씩 넓어져가기 시작하여 사회 일부 사람들에게 알려지게 되었습니다.

NPO로 학교를 만들 수 있나?

포기하지 않고 계속한다.
어디든지 뛰어 들어갈 수 있는 용기를 갖는다.
하물며 노력은 불가능을 가능하게 만든다.

2002년 12월.

대학원에서 공부를 계속하던 다쓰노코학원 스텝인 하세베 씨가
'구조개혁특구로 NPO학교를 만들 수 있을까? 내일 중의원회관
에서 심포지엄'이라는 조그만 신문기사를 발견했습니다.
"이거 뭐라고 생각해?"
"구조개혁특구라는 걸 들어본 적은 있는데, 무슨 제도야?"
"NPO라든지 학교라든가……. 우리와 관계있을 것 같지 않아?"
"분명 관계가 있을 것 같긴 한데…….'
"내일인데 어떻게 할까?"
"가봐야지요."
그렇게, 우리들은 가능성을 찾아서 어디라도 가기로 정해 놓았습
니다.

'구조개혁특별구역'은 고이즈미 내각의 규제완화정책으로 채택
되어 2003년 4월 1일에 법이 시행됨에 따라 지방자치체가 해당
지역의 활성화를 도모하기 위해 자발적으로 설정하는 구역으로
해당지역의 특성에 맞는 특정사업을 실시, 촉진하는 것입니다.

처음 가 본 중의원 의원회관.

준비된 의자는 만석이어서 우리는 앞이 잘 보이는 자리를 겨우 확보해 서서 들었습니다.

"이렇게나 많은 사람들이 학교를 만들려고 하다니"

압도될 것만 같았습니다.

시모무라 하쿠분(下村博文)의원, 내각부, 문부과학성, 경제산업성 사람들이 한 사람씩 나와서 설명을 마친 후에 이지메(왕따_옮긴이 주)로 등교거부하게 된 중학생과 20년 이상 활동을 계속하고 있는 NPO 대표의 절절한 호소가 이어졌습니다.

이때 '학교를 만든다'라는 발상이 우리들 사이에 처음으로 싹 트기 시작했습니다.

"무언가 바꿀 수 있을지도 모른다." 기대가 높아졌습니다.

심포지엄이 끝나기 직전 남성 한사람이 "꼭 발언하고 싶다."며 일어섰습니다.

시간이 없다며 제지하는 사회자.

마른 침을 삼키며 주시하고 있는 회의장 안의 사람들.

이때 돌연히 남성이 눈물을 참으면서 발언하기 시작했습니다.

"으, 으윽, 감개무량입니다. 여기까지 오는데 얼마나 많은 시간이 걸렸는지.

아직 갈 길은 멀었지만, 여러분 힘냅시다!"

"우리만이 아니었어."

일본에는 여러 가지 사정을 안고 학교를 만들려는 사람들이 있다는 것을 알게 되었습니다.

오래도록 버티어가며 계속하고 있는 사람들이 있다는 것을 알게 된 것입니다.

포기하지 않고…… 계속하고 있는 사람들이 있다는 것을.

며칠 후, 공부모임에서 메일이 왔습니다.

주제는 "구조개혁특구에서 NPO가 학교를 만들 수 있을까?"

와세다의 주택가에 있는 대안학교의 작은 사무실에서 등교를 거부한 아이들과 일반학교에도 인터내셔널학교에도 다니지 않는 외국인 아이들을 지원하는 약 10개 단체의 사람들과 함께 뜨거운 논의가 이루어졌습니다.

"의무교육의 '의무'는 아이들의 의무가 아닙니다. 아이들에게 교육을 제공해야만 하는 어른들의 의무입니다."

중의원의원회관에서 마지막에 울면서 발언했던 남성의 말이 우리들의 가슴에 꽂혔습니다.

"수어로 배우고 싶다고 하는 듣지 못하는 아이들에게 수어로 배울 수 있는 교육환경을 제공하는 것은 어른들의 의무."

이런 생각이라면 많은 사람들에게 찬동을 얻을 수 있지 않을까하고 생각했습니다.

"특구에서 학교를 만들 수 있다면 우선적으로 다쓰노코학원이 되어야 해요."

우리보다 훨씬 이전부터 활동을 이어 온 NPO 관계자가 격려해 주었습니다. 나부터 먼저가 아니라 더욱 더 필요하다고 생각되는 학교야말로 특구 최초의 학교가 되어야한다고 따뜻한 말을 건네준 많은 분들에게 감격했습니다.

이렇게 해서 '기존의 농학교에서 수어로 교육을 받고 싶다'라고 시작한 활동이 '우리 스스로 수어로 교육하는 학교를 만든다'라는 활동으로 크게 방향을 틀게 된 것입니다.

연전연패

구조개혁특별구역 제2차 제안의 마감일이 2003년 1월 15일로 다가오고 있었습니다.

연말연시 연하장 보내느라 바쁜 가운데 제안서 작성에 쫓겨 가며 우리는 '이중언어농교육 실천 연구 프로그램'에 관한 제안을 내각부에 제출하였습니다.

여기저기서 제안해 온 규제개혁에 대한 제안을 내각부가 관계부처와 검토하여 결론을 내는 형태로 진행되는데 결과는 '불가'.

그 이후로도 3차, 4차, 5차 이렇게 거의 반년마다 마감일에 맞춰 계속 제안서를 제출하였습니다. 회답은 모두 '불가'였습니다. 연전연패입니다.

중의원 의원회관에서 있었던 심포지엄에 참가했을 때의 기대감도 서서히 사라져가고 '무언가 바뀔지도 몰라'라며 제안을 계속해 온 NPO 안에서도 포기하자는 목소리가 나오기 시작했습니다.

"죽도록 노력했는데, 앞이 안보여."

우리들보다 훨씬 이전부터 오랜 기간 활동을 해 온 NPO의 몇 몇 사람이 제안을 포기할 때마다 힘이 빠져갔습니다.

"역시 우리 힘으로 학교를 만드는 건 무리인가 봐."

부모들 사이에서도 그만 두자는 분위기가 퍼져갔습니다.

그래도 남편은 포기하지 않고 묵묵히 '제6차 제안서'를 작성했습니다.

'다쓰노코학원'을 견학하고 싶다는 국회의원과 도의회의원 몇 사람이 검은색 자동차를 타고 온 적이 있었습니다. 신문기자를 대동하고 온 사람도 있었지만 당의 기관지에 기사가 났을 뿐 더 이상의 소식은 없었습니다.

"아-, 아- 정치가도 믿을 수 없네."

그러나 이런 일로 기가 죽어있을 수만은 없습니다. 아이들의 미래를 위해서 우리는 꾸준히 착실하게 활동을 계속 할 수밖에 없었습니다.

2004년 3월, 자민당본부에서 열린 심포지엄에 출석 할 기회가 있었습니다. 그래서 언제나처럼 '1분 프레젠테이션'입니다. 350명 앞에서.

"오늘 귀한 말씀 감사합니다. 저는 듣지 못하는 아이들에게 수어로 교육하고 있는 대안학교를 운영하는 NPO의 다마다라고 합니다. 일본의 농학교에서는 1933년부터 수어를 금지하고 입만 움직이는 교육을 하고 있습니다. 수업 중에 수어를 사용하면 아이들은 손을 맞거나 묶이거나 합니다."

심장이 튀어나올 것 같았고 목소리도 떨렸습니다.

"한편, 외국에서는 '수어와 읽기·쓰기'를 통한 이중언어농교육으로 확실한 성과를 올리고 있습니다. 일본의 농교육에도 이중언어 농교육을 도입하려고 활동을 하고 있습니다만, 문부과학성의 벽을 넘을 수가 없습니다."

단숨에 말을 하고나니 마이크를 잡았던 손이 땀으로 흠뻑 젖어있었습니다.

심포지엄이 끝나고 시오자키 야스히사(崎恭久)중의원 의원이 "다음에 천천히 얘기를 들어 봅시다."라며 다가왔습니다. '다쓰노코학원'의 도전을 끝까지 응원해주신 분이 이 날 참가했었던 아리무라 하루코(有村治子) 참의원 의원과 시오자키 야스히사 중의원 의원 두 분입니다.
이것이 '인연'이 되어 공청회 참관인 자격으로 공부모임에 참가한 적도 있었습니다. 이 공부모임에서 "수어에는 에서, 에, 을/를, 은/는, 이/가가 없다"라는 부정론만 되풀이해서 말하는 전문가에게 아리무라 의원이 질문했습니다.
"선생님은 일본수어를 사용할 수 있으십니까?"
"저는 할 줄 모릅니다."

'일본수어'를 배운 일도 이중언어농교육을 연구도 해 보지 않은 사람이 어떻게 '수어에 의한 교육'을 부정할 수 있는 것인지, 늘 있어 온 일이지만 한숨이 나올 수밖에 없었습니다.

그 날, 아리무라 의원과 시오자키 의원은 그런 전문가의 의견을
가만히 듣고 있었습니다.

특구 제안이 통했다!

연전연패하고 있을 때 '등교거부와 특별한 요구를 지닌 아동을 위한 교육에 대해서는 NPO가 학교를 설립할 수 있다.'라는 특구 제안이 통과했다는 것을 알게 되었습니다.

그 시점에서 우리는 바로 '농교육도 특별한 요구가 있다.'라고 제안했지만 역시 받아들여지지 않았습니다.
거의 포기하려고 하던 2005년 6월.
제5차 제안에 대한 재검토 요청에서 '농아동에게 수어와 서기일본어로 하는 교육'이 드디어 특별한 요구의 범위에 들어간 것입니다.
문부과학성의 회답은 "농아동에 대한 수어와 일본어 읽기·쓰기 교육에 대하여 대상범위를 확대한다."이었습니다.
특구제안이 통과하기 4개월 전에 일본 변호사 연합회가 문부과학성에 '의견서'를 제출하였습니다. 이것은 2003년 5월, 전국의 농아동과 그 부모 107명이 농아동의 언어인 일본수어에 의한 교육을 요구하며 일본 변호사 연합회에 제출했었던 '인권 구제신청'에 대한 답이라고 할 수 있습니다.

포기하지 않고 활동을 계속한 결과, 한 송이 꽃을 피워낸 것입니다.
이때의 기쁨은 지금도 선명하게 기억하고 있습니다.
커다란 커다란 진전이었습니다.

그러나!

벽을 하나 넘으니 다음의 벽이 또 가로 막았습니다.

"신이시여, 어떻게든 해 주세요."

나도 모르게 신에게 가호라도 빌고 싶어지지만 우리들의 힘으로 무엇이든 해야만 합니다.

특별조치가 된 '농아동에게 수어와 일본어 읽기·쓰기로 하는 교육'이라는 특구를 실시해 주는 지자체를 찾아야만 했습니다.

"특구 신청 주체가 되어 주세요."

도쿄의 23개 구를 돌며 부탁했습니다.

하지만 신청을 해주겠다고 나서는 곳이 한 군데도 없었습니다.

지방자치체는 그 지역에 사는 주민들에게 하는 서비스를 기본으로 하고 있기 때문에 지역 밖에서 통학하는 아이도 있는 학교를 받아들이기는 어려운 것입니다.

"도대체 언제쯤이나 돼야 아이들이 웃으며 배울 수 있는 학교가 생길까?"

버텨내던 부모들도

"더 이상 안 되네, 사면이 다 막혔어."

기력이 빠져나가고 있었습니다.

부모의 걱정이 무안하게

우리가 사방이 꽉 막힌 상황에 머리를 싸매고 있던 무렵, 히로는 초등학교 1학년이 되어있었습니다.

'청각구화법'으로 배우는 농학교에 가기 싫어서, 도시마구의 폐교에서 활동하고 있는 다쓰노코학원에 다니기로 스스로 선택했습니다.

이케부쿠로에서 유라쿠초선을 타고 두 정거장 째인 센가와역까지 집에서부터 한 시간 반이나 걸리는 곳인데 혼자서 다니는 것을 친정 부모님은 무척 반대하셨습니다.

"무슨 일이라도 생기면 어떻게 하니?"

"초등학생이 혼자서 한 시간 반이나 걸려서 통학을 한다니, 그냥 있어도 걱정이 되는 아이인데……, 히로는 듣지 못하는 아이잖니."

물론 저도 걱정이 됩니다.

"사립초등학교에 다니는 아이들은 전부 지하철로 통학하고 있잖아. 못 들으니까 무리야라고 단정하면 안 되지. 무엇이든지 혼자서도 할 수 있다는 것이 히로에게 반드시 자신감을 갖게 할 거니까."

부모님을 설득하면서 한편으로는 엄마인 내가 누구보다도 이 아이를 믿어주지 않으면 안 된다고 스스로에게도 세뇌시켰습니다.

"히로야, 혼자서 괜찮겠니?"

"뭐가? 다들 혼자서 다니고 있잖아."

"그건 그렇지만, 지하철이 늦게 오거나 사고가 나서 움직이지 않을 때 방송을 못 듣잖아."

"사람들 행동을 보면 대강 알아요."

"그러네, 히로라면 정말 괜찮을 거야."

웬일인지 이 아이는 당찬 것 같습니다.

물론 여러 작은 사건들도 있었지만, 날마다 아침에 활기차게 나가서 매일 무사히 돌아왔습니다.

비오는 날에도 바람 부는 날에도…….

여름방학이 되자,

"엄마, 홋카이도에 있는 미코네 집에 가도 돼?"

'전국 농아동을 둔 부모회'의 회장 오카모토 씨가 홋카이도에 살고 있습니다. 오카모토씨의 딸은 히로보다 10살 정도 위인데, 남매처럼 아주 사이가 좋습니다.

우리 부부는 마음먹고 처음으로 혼자서 가는 여행을 보내기로 결정했습니다.

이것도 친정 부모님은 결사반대!

"비행기는 정거장을 지나칠 일도, 잘못타서 중간에 내릴 일도 없으니까 다른 교통수단보다 안심이에요."

부모님을 설득하면서, 이번에도 또 스스로를 납득시키고 있습니다.

하네다공항까지 데려다 주고, 오카모토 씨가 치토세공항으로 마중을 나올 거고, 항공회사 직원이 잘 대응을 해줄 테니까 문제는 없다고 생각했습니다만, 삿뽀로로 가는 출발 편이 승객을 태운 채로 30분 지연 이륙. 삿뽀로에서 돌아오는 도착 편도 세상에 지연입니다. 로비에서 기다리고 있던 나는 죽을 맛이었습니다.

공항 로비에서 왔다 갔다 하기도 하고 전광판에 비행정보가 바뀔 때마다 가슴이 벌렁벌렁 두근두근.

"비행기 안에서 불안해하고 있지는 않을까? 주위 사람들에게 폐를 끼치고 있지는 않을까?"

도착 로비에 나타난 히로는 엄마 걱정이 무안하게도 몇 일전 떠날 때보다 조금은 성장해 있었고 씩씩해져 있었습니다.

"어땠어?"

"옆에 앉으셨던 할아버지 할머니가 이것저것 말을 시키시는데, 난 못 듣잖아, 귀찮아서 자는 척 했어."

위가 아플 정도로 신경을 쓴 것은 부모뿐인 것 같습니다.

홋카이도에 처음으로 혼자 갔던 여행은 히로 자신보다도 나 자신에게 좋은 경험이 되었습니다.

"출산을 걱정하는 것보다 실제로 낳는 것이 쉽다(일이란 막상 해보면 생각보다 쉬운 법이다_옮긴이 주), 귀여운 자식에게는 여행을 시켜라!이네요."

이시하라 도지사와 도민 간담회

자, 그러면, 학교 만드는 일은 어떻게 되어가고 있는가.

특구를 실시해주는 지자체를 찾지 못하고 있는 상황이 계속되고 있었습니다.

"학교를 만든다는 것은 역시나 꿈으로 끝나는 게 아닐까."

응원을 해주고 계시는 저널리스트인 사이토 씨에게 푸념을 늘어 논 적이 한두 번이 아니었습니다. 그럴 때마다 사이토 씨의 격려 와 조언에 힘을 얻곤 했습니다.

"23개 구가 안 된다면, 도쿄도(都)로 가보면 어떨까요?"

하지만…… 도쿄도 교육위원회와는 '농학교에 수어도입 요청'건 으로 쭉 대립하고 있는 사이입니다.

"아마 안 될 거예요."

위축되어 있을 무렵, 동료로부터 메일 한통이 왔습니다.

"내일 오후 시나가와에서 '이시하라(石原) 도지사와 도민 간담 회'가 있다고 합니다."

"저기요, 하세베 씨 어떻게 할까요? 가 볼까요?"

"가지요. 뭐, 안가고 후회하느니 가보고 안 되면 단념할 결심도 서는 거니까."

"그렇지요, 부딪쳐 보자! 지금까지도 어떻게든 길을 찾아왔으니까. 어디서 무엇을 찾을지 모르잖아. 밑져야 본전 밑져야 본전이야."

"좋아요, 갑시다."

이시하라 도지사를 직접 만나 부딪쳐보기로 했습니다.
더 이상 해볼 수 있는 방법이 없었으니까요.

'이시하라 도지사와 도민 간담회'는 기타시나가와역 바로 가까이
에 있는 시나가와구(區)의 스포츠센터 위층의 홀에서 열렸습니
다. 행사장에는 100석 정도의 의자가 놓여 있었습니다.
물론 우리는 언제나처럼 제일 앞 줄 한 가운데에 앉았습니다.
이시하라 도지사와의 거리는 불과 3m.
40분 강연이 일단락되면 드디어 질문시간입니다.
지사는 텔레비전에서 보았던 정례회견 때와 같이 좀 딱딱한 말투
였습니다. 그래도 여기서 포기하면 참가한 의미가 없지요.
"여기 질문 있습니다!"
사회자의 얼굴을 똑바로 쳐다보면서 손을 번쩍 들었습니다.

"좋아! 승부의 '1분 프레젠테이션' 개시!"

"…… 일본의 농학교에서는 1933년부터 수어를 금지하고 입만
움직이는 방식으로 교육을 해오고 있습니다. 한편, 외국에서는
몇 년 전부터 수어와 읽기·쓰기를 통한 이중언어농교육을 하고
있습니다. 일본에서는 NPO가 운영하는 대안학교에서만 이중언
어농교육을 실시·연구하고 있으며, 얼마 전에는 '농아동에게 수
어와 서기일본어로 하는 교육'이라는 특구제안을 성사시켰습니

다. 이번 기회에 이 NPO가 학교를 만들 수 있게 해 주시지 않으시겠습니까?"

정말 1분이라는 짧은 제안이었고 목소리가 떨리고 있었습니다. 그래도 지사의 눈을 똑바로 쳐다보면서 필사적으로 전했던 것입니다.

"수어는 일본어를 간소화시킨 것인가?"
"아니요. 일본수어는 영어나 프랑스어 같은 외국어와 마찬가지로 일본어와는 다른 문법구조를 갖는 독자적인 언어입니다. 미국에서는 미국수어로 수업을 하고 있는 대학이나 대학원도 있습니다."
"일본의 농학교에서는 왜 그렇게 효율이 나쁜 일을 하고 있는 건가?"
"네. 들을 수 있는 아이들의 교육비로 사용되고 있는 세금은 1인당 연간 약 90만 엔(약 9백만 원)입니다. 농학교에서는 1인당 연간 960만 엔(약 9천6백만 원)이 사용되는데 그 중 80%가 인건비입니다. 우리가 운영하고 있는 대안학교의 경비는 연간 1,600만 엔(약 1억6천만 원) 정도입니다."

"그런 상황인 줄은 몰랐네. 어떻게 해 봅시다. 끝난 후에 내 비서에게 연락처를 남겨주시오."
밑져야 본전이라는 생각으로 참가했던 하세베 씨와 나는 생각지도 않았던 이시하라 도지사의 즉답에 무방비 상태였습니다.

행사장에서 돌아가는 길,

"분명 '어떻게 해 봅시다'라고 했죠?"

"응, 그랬어. 분명히 '어떻게 해 봅시다'라고 이시하라 도지사가 말했어."

홍분이 가시지 않는 우리들.

"아마도 무언가가 도지사에게 전해진 게 틀림없어."

목표로 연결되는 확실한 한걸음이 될 것 같은 예감이 들었습니다.

그로부터 2주일 후, 하세베 씨와 나는 도쿄도(都) 청사로 갔습니다. 효도 시게루(兵頭茂) 비서는 약 한 시간 정도 우리 이야기에 귀를 기울여 주었습니다. 그리고 더욱이 몇 주후에는 도쿄도에서 연락이 왔는데 이 건을 지사 기획정책국(원문은 본국_옮긴이 주)이 담당하게 되었다는 것입니다.

산더미 같은 자료를 품에 안고 하세베 씨와 나는 의기양양하게 도 청사로 들어가서 담당자에게 상황을 설명하였습니다.

설명을 쭉 들은 담당자는 "우리도 도 청사 내 의견을 들어보았습니다만, 여러분들과는 의견이 많이 다른 것 같습니다. 수어에 치우친 과격한 어머니가 있는 단체라는 소리도 들었습니다."

"네에······?"

겨우 목표를 향해서 나아가고 있다고 생각하고 있었는데 또 '그 수준'의 논의가 되풀이 되는 것일까요.

지사 기획정책국은 앞으로도 조사를 계속한다는 것으로 그 날 회의는 끝났습니다.

"믿는 도끼에 발등"

엘리베이터 안에서 나도 모르게 불쑥 중얼거렸습니다.

하세베 씨가 말없이 고개를 끄덕였습니다.

기대가 컸던 만큼 실망감으로 기운이 빠져버릴 것 같았습니다.

청사를 나오자 하세베 씨도 먼 하늘을 올려보면서 한숨을 깊이 내쉬었습니다.

제 4장 미래로 향한 문

아이들의 힘이 도지사 정책기획국을 움직였다

그 후, 도쿄도(都) 지사 정책기획국과는 몇 번인가 접촉이 있어서 참사관을 포함한 3명이 대안학교에 오게 되었습니다. 그 날 아침 10시 정각에 그들이 왔습니다.

먼저 유아부 견학입니다. 우리 집 가정교사였던 이케다 아키코 씨와 약 20명 정도의 아이들이 있는 반입니다.

"자, 그림책 읽는 시간이에요. 다들 모여 주세요"

이케다 씨가 수어로 말을 겁니다.

"네-에"

아이들은 자기 의자를 들고 와 그림책이 잘 보이는 위치에 모여 앉습니다.

수어를 통한 그림책 읽어주기가 시작되었습니다. 조용한 소리 없는 읽기 입니다.

눈을 반짝이며 수어를 보고 있는 아이들은 그림책의 세계에 빠져들고 있습니다.

"자, 그림책 시간이 끝났어요."

아이들은 다시 의자를 들고 원래 있었던 칠판 쪽으로 되돌아가서 다소곳이 앉았습니다.

"이번에는 밖에서 노는 시간이에요. 모자를 쓰고 복도에 한 줄로 나란히 서주세요."

"네-에"

씩씩하게 대답하면서 벽에 걸려있는 황녹색 모자를 쓰고 질서 있게 복도에 나란히 서는 아이들.

이런 모습을 도지사 정책기획국에서 온 세 사람은 쭉 지켜보고 있었습니다. 도쿄도 청사에서 만났을 때보다 눈길이 부드러웠습니다.

다음에는 초등학부입니다.

일본어 카드를 늘어놓고 문장을 만들어 가는 수업입니다. 물론 소리는 전혀 내지 않습니다. 조용한 교실 안에서 수어로 의견을 주고받습니다. 아이들이 만든 문장을 선생님에게 설명하러 갑니다. 아이들은 친구들의 발표를 진지한 눈빛으로 쳐다봅니다.

"잘 했습니다."

선생님이 칭찬을 하면 아이들 모두 기뻐합니다.

2시간의 견학이 끝날 무렵 참사관이 입을 열었습니다.

"아이들에게 이런 식의 교육이 필요하다는 것을 잘 알았습니다. 저는 수어는 모르지만 아이들의 모습을 보고 있으니까 알겠습니다."

아이들 자신이 자신들의 힘으로 문을 열었다고 생각했습니다.

"원래 이 일은 나라에서 해야 하는 일이네요."

"네, 저희도 그렇게 생각합니다. 나라에서는 바로 움직일 수 없으니까, 교육특구라는 길을 열어 주었다고 생각합니다."

초등학교 현관을 나서다가 참사관이 뒤를 돌아다보며 말했습니다.

"그러면 돌아가서 담당자를 정하겠습니다."

"담당자를 정하겠습니다." 이 말이 계속 귓가에 맴돌았습니다.

하세베 씨와 나는 세 사람을 배웅하면서 살짝 승리의 포즈를 취했습니다.

"아이들 힘은 역시 대단해요."

"정말 그래요, 신기하게도 아이들이 너무나 잘 했어요."

역시 아이들도 오늘이 중요한 날이라는 것을 알고 있었나 봅니다.

바람의 방향이 바뀌었다

도지사 기획정책국의 부참사관이 담당이 되어, 그 후에 도쿄도(都) 교육청에 의한 공청회가 있었습니다.

"인연의 대결?"이라 생각하고 태세를 갖추고 있었는데, 도쿄도 교육청의 담당책임자인 여성참사관은 우리가 생각지도 않은 말을 하였습니다.

"기존의 교육과 여러분이 하려고 하는 교육은 양쪽 다 하고 싶은 말이 있을 것이라고 생각합니다. 그러나 지금은 그것을 논의하는 자리가 아닙니다. 여러분이 제안한 교육을 어떻게 실현시켜 나갈까를 생각하는 자리라는 것을 먼저 말씀드리겠습니다."

"어떻게 실현시켜 나갈까를 생각하는 자리!"

오래도록 우리 앞에 가로놓여 있었던 커다란 벽이 눈앞에서 사라지는 순간이었습니다.

그러자 이상하다 할 정도로 바람의 방향이 바뀐 것 입니다.

쌩쌩 불던 북풍이 산들거리는 봄바람으로 변했고 더욱이 따뜻한 바람의 계절이 온 것입니다.

학교를 만들기 위해서는 '교원 확보', '교육과정 작성' 그리고 '학교부지·학교건물 확보'가 필요합니다. 그러나 도립학교는 고등학교, 대학 그리고 특별지원학교 뿐으로 초등학교는 없습니다.

부지와 학교건물을 확보하기 위해서는 아무래도 지자체의 협력을 빼놓을 수가 없습니다.

다쓰노코학원이 있는 도시마구(區)의 어느 폐교를 공원화한다는
계획을 세울 때부터 쭉 상담을 해왔었던 시나가와구(區) 교육위
원회 학무과장에게 지사 기획정책국의 부참사와 교섭하러 같이
갔습니다.

시나가와구는 도쿄 23개 구 중에서도 선구적인 생각을 가지고 있
다고 알려져 있습니다. 시민의 새로운 제안을 "어떤 식으로 실현
을 시킬까"라는 생각으로 대응해 주는 지자체입니다. 시나가와
구청은 언제나 긍정적인 분위기가 흐르고 있습니다. 그렇다고 해
도 간단하게 대답해 줄 수 있는 일은 아닙니다.

교섭에 2년 정도 걸렸지만 드디어 시나가와구가 도쿄도(都)의 교
육특구에 부지와 학교건물을 빌려주기로 한 것입니다.

우선 안정된 교육활동을 확보하기 위해서 다쓰노코학원이 도시
마구의 센가와에서 시나가와구에 있는 센겐다이초등학교로 이사
하기로 결정이 되었습니다.

히로가 3학년 때입니다.

이사하는 데 이틀이.

우리들은 가족 총출동해서 이사를 도우러 갔습니다.

가이토는 스틸선반 조립 팀에서 대활약. 히로는 조수 역할로 모
두 들떠 힘을 냈습니다.

다음 날은 시나가와로 이사한 다쓰노코학원으로 가는 첫 등교일

이었습니다.

"실내화 챙겼니? 도시락하고 물통, 연필하고 공책도 전부 가방에 넣었지? 잘 다녀오거라, 조심하고!"

가지고 갈 물건들을 확인하고 보냈습니다.

다음 날, 다쓰노코학원 친구들의 엄마들이 싱글싱글 웃으면서 말을 걸어왔습니다.

"다마다 씨, 히로에게 새 학교 장소 잘 알려줬어요?"

"네에? 이사할 때 도우러 두 번이나 갔다 왔는걸요."

"그때는 자동차타고 간 거지요?"

"어머, 어떻게 해."

역에서 학교까지 가는 길을 알려주지 않았다는 것이 이제야 생각난 것입니다.

"어쩜 좋아. 그럼 이 애는 어제는 어떻게 간 거지?"

"어쩐지, 히로가 모르는 아저씨하고 학교까지 왔었어요. 아빠가 아니어서 이상하다고 생각했어요."

학교에서 돌아온 히로를 보자마자 물어봤습니다.

"어제는 학교까지 어떻게 갔니?"

"오오이역에서 내려서 걷기 시작했는데 도중에 학교 가는 길이 어딘지 모르겠는 거야. 종이에 '센겐다이 초등학교가 어디입니

까?'라고 써서 아줌마에게 보여주니까 모른대. 다른 아저씨도 모
른다고 하고. 어떻게 해야 하나 하고 있었는데, 한 아저씨가 '내
가 안단다'라며 학교까지 데려다 주셨어."
"아! 잘 됐네……. 그건 그렇고 그 아저씨에게 고맙다고 인사는
잘 했니?"
"그럼, 물론이지, '고맙습니다'라고 했어."
"그 후에도 그 아저씨를 오오이역에서 만났니?"
"응, 두세 번 지나쳤는데 '안녕하세요'라고 인사 했어."
"다음에 엄마하고 같이 가다가 그 아저씨 보면 알려줘."

또 어떤 날은 집 근처 버스정류장에서 모르는 여성에게 인사를
하면서 버스에 올라타는 것을 보았습니다.
"아는 사람이니?"
"응"
놀라서 히로에게 물었습니다.
며칠 전, 무심코 히로는 가마타행 버스를 타서 정신 차려 보니 이
미 가마타역. 놀라서 두리번두리번 주위를 둘러보고 있었는데,
나이 든 여성이 히로가 가진 정기권을 들여다보더니 운전기사에
게 뭐라고 말을 하더랍니다. 그 때 또 다른 여성 한 사람이 합류
해 같이 얘기하더니 히로의 손을 잡아끌고 오오모리행 버스정류
소까지 데려다 주었다는 것입니다.
"다음에 엄마하고 있을 때 그 사람 만나면 알려 줘."

내가 모르는 곳에서 여러 가지 경험을 하기 시작한 히로.

"앞으로도 여러 가지 일이 생기겠지. 하지만 이 아이들은 자기 스스로 생각하고 자기 발로 걸어가고 있는 거야. 그래, 잘 할 거야. 그리고 세상에는 이 아이들을 있는 그대로 받아들여주는 사람도 반드시 있다."

이런 생각을 하면서 간식으로 도넛을 먹고 있는 히로의 얼굴을 보았습니다.

"그러고 보니 여러 가지 일이 있었네."
어릴 때의 히로와 지냈던 날들을 떠올려보았습니다. 듣지 못하는 아이를 수어로 키운다는 것은 정말로 놀람과 발견과 웃음의 연속입니다. 만화를 무척 좋아하는 히로가 의성어, 의태어를 마구 질문해 오던 때도 있었습니다. 만화에는 여러 가지 의성어, 의태어가 나오니까요.

"바퀴벌레를 봤을 때 '꺄-'와 스커트가 바람에 날려 뒤집혔을 때의 '꺄-'의 차이는 뭐야?"
"갸-는 어떤 뜻이야?"

"엄마, 엄마, 이걸 두드리면 무슨 소리가 나?"
테이블을 두드리면서 물어 옵니다.

"탕 탕 인가"

"그럼, 이건?"

유리컵을 두드려봅니다.

"캉 캉 인가? 아냐 좀 다르려나!"

홍차 캔을 두드리면서 물어 옵니다.

"캉 캉"

"유리컵의 캉 캉과 홍차 캔의 캉 캉은 같은 거야?"

"아-, 대답을 잘 못하겠는데."

이러한 에피소드는 우리 집에서 뿐만 아니라 다쓰노코학원에서
도 많이 일어납니다.

어느 해 봄, 벚꽃이 피어있는데도 추위가 되돌아온 양 눈이 내린
적이 있었습니다. 들을 수 있는 스텝이 눈 오는 걸 보고 알려주
니, 농인 스텝이 물었다고 합니다.

"아-, 정말 눈이 내리네. 싱 싱-이라고 들려요?"

아, 그렇구나. 하지만 유감스럽게도 눈이 내려도 싱 싱이라는 소
리는 안 들리지요.

또, 어느 때는,

"피아노는 '도레미, 도레미'라고 소리가 나지요? 들리는 사람은
'도레미, 도레미' 음에 맞추어서 '피었다, 피었다'라고 노래 부르
지요? '도레미'음과 '피었다'의 목소리가 겹쳐져서 시끄럽지 않
아요?"라고 하자, 다른 농인이 말했다고 합니다.

"피아노는 '뽀로롱, 뽀로롱'라고 울리는 걸요."
그녀는 만화 "피아노의 숲"("Young Magazine Uppers", "모닝" 고단샤 간행)의 팬이었습니다.

'뽀로롱'과 '피었다'가 동시에 들리면 시끄럽지 않을까?라고 분명 생각했겠지요. 그러나 피아노는 '뽀로롱'이라고도 '도레미'라고도 울리지 않습니다. 음계와 음색의 차이를 설명하는 것도 어렵습니다.
들을 수 있는 스텝이 설명에 고군분투하는 모습을 상상하니 웃음이 나왔습니다.

이렇듯이 듣지 못하는 둘째를 키우는 것은 재미있는 경험의 연속입니다.
만날 일이 없었던 사람들과의 교류도 생겼습니다.
사내아이는 부모와 대화하는 것을 싫어한다고 합니다만, 우리 집의 아들들은 수다쟁이입니다.
어느 가정보다도 대화가 많은 가정일지도 모릅니다. 이것도 듣지 못하는 히로 덕분인 것 같습니다.

소년 야구팀과 반항기

가이토가 지역 소년야구팀에서 활동하고 있어서 가이토의 야구팀 친구가 우리 집에 놀러오게 되었습니다.
"야, 히로는 귀 안 들려? 말 못해?"
직설적인 질문을 던져 옵니다.
"양쪽 다"
무뚝뚝하게 대답하는 가이토.
"그렇구나."
아이들은 별 생각 없이 질문을 하지만 그런 일은 상관도 없이 히로도 금방 놀이에 같이 끼워줍니다. 제스처나 간단한 수어를 익혀서 아주 능숙하게 의사소통을 해가는 것입니다.

그러는 사이에 히로가 "나도 야구하고 싶다."라고 얘기를 꺼냈습니다.

코치에게 상담을 하니 기분 좋게 받아주었습니다.
농학교나 다쓰노코학원 친구들 밖에 몰랐던 히로에게 소년야구팀은 신선하고 즐거운 장소였겠지요. 연습하는 날을 목 빼고 기다립니다. 두 명의 유니폼을 세탁하는 것은 힘들지만 이쯤이야 아무 것도 아닙니다. 연습하러 가는 두 아이를 믿음식하게 배웅하는 날이 계속 되었습니다.
지역 축제에 가면, "어이, 히로"하며 팀 친구가 말을 걸어줍니다.
자연스럽게 장난치고 있는 모습에 안심했습니다. 소년 야구팀 친구가 듣지 못하는 히로를 받아드리고 있었습니다. 드디어 동네에 친구가 생긴 것입니다.

그것도 잠깐, 형의 제2 반항기가 왔습니다.
같은 야구팀에 듣지 못하는 동생이 들어오니 코치나 팀 친구들이 형인 가이토에게 수어통역을 부탁하게 된 것입니다.
순수하게 야구를 즐길 수 없게 된 가이토는 그게 성가셔졌습니다. 더욱이 자신의 존재가치가 마치 히로의 통역사인 것처럼 느껴져서 견딜 수가 없게 된 것입니다.
"나는 히로의 통역이 아니야!"
폭발했습니다.
다쓰노코학원의 캠프에서 토라졌었던 제1반항기는 가족 간의 문제였습니다. 이번에는 야구팀이라는 바깥세상에서 느낀 동생에 대한 반발입니다. 사춘기에 들어 간 장남에게 있어서 듣지 못하는 동생의 존재는 머리로 이해하는 것과 감정 사이에 융화가 되지 않고 있는 것입니다.

맞붙어 싸움. 동생을 무시하다.
"왜, 수어로만 싸워야 되는 거야! 나는 수어가 제2언어. 히로는 제1언어니까, 당연히 내가 불리하잖아!"
큰소리로 외치고 방으로 들어가서는 나오지 않습니다.

"모두 들을 수 있는 형제라도 사춘기가 되면 다투기도 하고, 부모에게 반발하기도 하니까 그다지 걱정할 일은 아니에요."
시간이 해결해 줄 때까지 기다리기로 했습니다.

"나, 야구 그만 둘래."
어느 날 형의 반항기도 나 몰라라 하며 열심히 연습을 하러다니던 히로가 말을 꺼냈습니다.
팀의 친구가 "아, 이, 우, 에, 오 라고 말해 봐."라면서 비웃었다는 겁니다.
"수어로 되돌려주면 되잖아."
"수어로 되돌려줘도 상대는 수어를 모르잖아, 내가 분한건 아무도 몰라!"

청인사이에서 자기만이 듣지 못한다는 것에 대한 분하고 억울함을 야구팀에 참가해서 처음으로 알게 된 것입니다.
이것도 형의 반항기처럼 시간이 해결해 주겠지요.
기다릴 수밖에 없습니다. 부모라도 할 수 있는 일과 할 수 없는 일이 있으니까요.
큰 아들 가이토도 둘째 아들 히로도 자기 스스로가 해결해 나가야 하는 일이 있다는 것을 야구를 통해서 배우는 시기였습니다.

문제의식이 싹트다

반항기를 전후해서 가이토는 문제의식이 뚜렷한 아이가 되어 있었습니다.

사물에 눈이 뜨였을 때부터 우리 집에는 듣지 못하는 자식을 둔 부모들이 모여서 현실을 바꾸기 위해 수어로 배우는 학교를 만들자는 활동에 대해 의견을 나누어 왔습니다. 그런 부모들을 보고 컸던 것입니다.

부모들이 행정이나 교육계에 대하여 의견교환을 하는 모습이나 우리 부부가 나누는 대화를 자연스레 듣게 되었던 것입니다.

산더미 같은 자료를 앞에 쌓아놓고 머리를 싸매는 부모의 모습도 보았습니다.

"모순이야, 납득이 안 돼."

학교에서 돌아 온 가이토가 갑자기 '모순'이라는 단어를 말했을 때는 놀랐습니다.

"무슨 일이 있었어?"

책 속에 끼우는 '책갈피'를 만드는 수업이 도저히 납득이 안 간다는 것이었습니다. 수업의 테마가 '생명의 귀중함'이었다고 합니다.

"운동장에서 좋아하는 식물을 뽑아 와서 그 그림을 책갈피에 그려봐요."라고 선생님이 말씀하셨다고 합니다.

"「생명의 귀중함」이라면서 왜 식물을 뽑아야 되는 거야? 이상하잖아."

이것이 가이토의 주장이었습니다.

"너는 어떻게 했어?"

"나는 식물 뽑는 게 싫으니까, 옆의 애가 뽑아 온 꽃을 보면서 책갈피에 그림을 그렸어."

"엄마도 가이토 생각이 정말 훌륭하다고 생각해."

"그렇지, 식물을 뽑는 건 안 되는 거지."

"그런데, 책갈피는 완성했니?"

"응, 이거야."

가이토가 내민 책갈피에는 귀여운 핑크색 꽃이 그려져 있었습니다.

"와우! 굉장히 잘 그렸네."

반항기가 한창일 때 가이토가 보여 준 고운 마음이 조금, 아니 엄청 기뻤습니다.

지금도 그 때 가이토가 만든 책갈피는 내 수첩에 끼워져 있습니다. 이제 곧 고등학생이 되는 가이토에게 이 책갈피를 보여줬더니 부끄러운 듯 웃으면서 "기억 나, 나도 센스가 있네!"하며 넉살을 부렸습니다.

나는 이것을 계속 간직하리라고 마음먹고 있습니다. 쭈욱…….

"어쨌든 가이토의 고운 마음씨가 한가득 들어있는 책갈피인걸."

커다란 물결이 되어

드디어, 학교 만들기가 본격적으로 시작되었습니다.

학교법인과 사립학교 설립을 동시에 진행하기 위한 자료작성 같은 작업은 예상을 뛰어넘는 방대한 것이었습니다. 농인 스텝은 낮에는 대안학교에서 아이들을 가르치고 밤이나 휴일에는 대학에서 조사를 하고, 거기에 교육과정 작성까지 무척이나 바쁩니다.
하세베 씨와 나는 도쿄도(都)나 시나가와구(區)와 조정하느라 뛰어다닌 날들.
몸이 몇 개라도 부족할 정도로 '해야 할 일'이 산더미입니다.

그리고 최대의 난관이 기다리고 있었습니다. 자금 조달입니다.
학교를 설립하기 위해서는 일 년간의 경비에 상응하는 현금을 준비할 필요가 있습니다.

일반적으로 학교를 개교할 때는 부지·학교건물을 소유하고 있어야 하지만 우리는 '부지·학교건물의 대여'라는 특구를 사용해서 학교를 만들기 때문에 고정자산이 없습니다.
결국 사학조성금이라는 공적인 보조가 없어도 일 년간 운영할 수 있는 만큼의 자기자금을 준비해야 합니다.
거기다 그 일 년간의 운영자금을 어떤 식으로 산출해야하는지 조차도 몰랐습니다.

그래서 남편이 수년에 걸쳐 관계를 쌓아온 단체 'SVP(Social Venture. Partners·도쿄)'의 투자처 모금에 응모하기로 했습니다. SVP는 NPO나 시민활동에 투자하는 합동회사로 자금뿐 아니라 일류대학을 나와서 일류기업에 근무하는 파트너가 자기가 응원하고 싶은 단체에 자원봉사로써 참가하는 것입니다.

많은 청년들이 스스로 10만 엔(약 100만 원)을 내고 파트너를 하고 있었습니다.

서류 심사를 무사히 통과했습니다. 이번의 프레젠테이션은 사방이 꽉 막혔을 때 해오던 것과는 다른 생동감 있는 분위기에서 할 수 있게 되었습니다.

"농아동이 일본수어로 배우는 학교설립까지 앞으로 한걸음 남았습니다. 남은 문제는 자금조달입니다. 여러분 학교를 같이 만들어 주십시오."

하세베 씨가 마지막으로 한마디 덧붙였습니다.

심사 결과, 투자처로 선발되었습니다.

얼마 후에 파트너인 이토 겐(伊藤健) 씨와 전략회의가 시작되었습니다.

우리가 어떻게 해아 할지 몰라서 쩔쩔매고 있는 사립학교의 3년간 재무계획서 작성을, 당시에 외국투자기업 재무담당자였던 이토 씨가 담당해 주었습니다. 도쿄도(都)의 담당자에게 문의해가면서 학교의 골격을 만들어가는 힘든 작업입니다. 그 작업량은 상당한 양이었을 것입니다. 그런데도 이토 씨는 담담하게 그 작업을 해나가고 있었습니다.

"도대체 왜 자기가 10만 엔을 내면서까지 파트너가 되고, 거기다 자기시간을 써가면서까지 이런 NPO 지원을 하는 겁니까?"

이토 씨는 잠시 동안 생각하더니…… 웃으면서 대답했습니다.

"성불하고 싶어서요."

"네에? 성불? 젊은 이토 씨가 무슨 말을 할까 생각하니……"

이런 이토씨에게 무언가 가슴이 뜨거워졌습니다.

나만 좋으면 돼. 우리 회사만 좋으면 돼. 이런 자기중심적 사고방식을 가진 사람이 있는 한편 이토 씨와 같이 SVP에 응모하는 젊은이가 늘어나고 있다고 합니다.

"아-, 이 세상 아직은 살 만하네."

다쓰노코학원 아이들이 이런 어른들의 모습을 보고 자라서 이런 훌륭한 어른이 되어 준다면 정말 기쁠 것입니다.

"이토 씨, 정말 고맙습니다."

사방이 꽉 막힌 가운데 분한 일도 많이 있었지만 이 활동을 하지 않았다면 못 만났을 사람들도 만나게 되었습니다.

히로가 우리 부부의 자식으로 태어나 준 덕택에 다쓰노코학원 아이들이랑 부모회의 회원들과 모두 같이 걸어올 수 있었습니다.

응원단인 이토 씨가 산출한 학교의 연간 운영예산은 4,500만 엔(약 4억 5천만 원)이었습니다.

"4,500만 엔을 어떻게 모으면 좋을까?"

머리를 싸매고 있을 때 또 응원단이 나타났습니다.

수년간에 걸쳐서 미국의 '펀드 레이징'(fund-raising, 자금조달) 사례를 연구하고 있는 우오 마사타카(鵜尾雅隆) 씨가 SVP의 파트너가 되어서 협력해주겠다는 것입니다.

우오 씨와 만나기 전까지 우리들은 '펀드 레이징'이라는 단어조차 몰랐습니다. 전혀 초면이었던 우오 씨가 이런 말을 했습니다.

"같이 학교 만드는 꿈을 이루고 싶습니다."

각각의 부모들이 고민하면서 고군분투하고 있던 수년간이 꿈같았습니다.

"응원해 주고 싶은 꿈의 학교 만들기. 기부하고 싶어지는 아이들의 미래를 위한 활동!"

훌륭한 응원단을 만남으로써 비로소 깨닫게 된 아주 중요한 일입니다.

함께 해나갈 동료도 필요하지만, 응원해 주는 사람도 필요합니다. 응원단의 성원이 없으면 계속 뛰어갈 수 없는 것입니다.

공감이 사람을 움직인다

우오 씨와 이토 씨라는 강력한 응원단과 함께 자금조달문제를 위한 활동을 실행에 옮기기로 했습니다.

우선, 우리의 생각을 일방적으로 밀어붙이는 것이 아니고 많은 사람들이 공감해주는 스토리를 실어 나가기로 했습니다.
또한 목표를 명확하게 밝힌다. 이것이 활동의 신뢰를 얻는 데에 연결이 된다는 것을 알았습니다.

"공감할 수 있는 이야기"는 "꿈의 학교를, 우리 손으로 만든다."입니다.
"일본에는 수어로 배울 수 있는 농학교가 없습니다. '농아동의 언어는 일본수어!' 입만 움직이거나 몸짓이 아닌 수어로 수업을 받고 싶다. 이런 당연한 일이 일본에서는 70년 이상이나 이루어지지 않았습니다. 그래서 농아동과 부모와 청년농인들이 '우리 손으로 학교를 만든다.'며 일어섰습니다."
"명확한 목표"는 "학교설립을 위해서 8월 까지 4,500만 엔이 필요합니다. 여러분 학교 만드는 꿈을 응원해 주세요."입니다.

소셜 미디어도 빠짐없이 활용했습니다.
NPO의 공식 사이트에서는 가두모금 장소나 시간을 고지하고, 기부금액을 그래프로 해서 누구든지 알 수 있도록 했습니다.
"목표금액은 4,500만 엔. 오늘 현재 기부금액은 ○○○○만 엔,

목표달성까지 ○○○○만 엔"이라고 상세하게 보고했습니다.
남편이 블로그를 시작하면서 학부형들의 활동이나 활동하는 사
진을 매일 새롭게 올렸습니다.

2007년 1월 말,
도쿄도(都)가 특구를 신청한지 얼마 안 되어 기부금 모금을 개시
했습니다. 물론 40쌍의 가족이 총 동원이 되어서 땀을 흘려가며
할 수 있는 일은 무엇이든지 했습니다.

2,500매의 편지를 손 글씨로 다함께 썼습니다. 약 2,000채의 일
반가정에도 알렸습니다. 전단지가 들어있는 쇼핑백을 양손에 들
고 추운 공기를 가르며 한 집 한 집 다니면서 우편함에 집어넣었
습니다.
가두모금은 합해서 13회. 지나다니는 많은 사람들에게 활동을 알
릴 수가 있었습니다.
100개의 회사에 다이렉트 메일(Direct mail)을 보내고 나서 3일
후에 전화를 걸어 면담을 요청했습니다. 저널리스트인 사이토 씨
가 대안학교를 소개하는 3분 DVD를 만들어 주어서 기업에서 면
담할 때 보여주었습니다.
지금 생각해도 그 바쁜 활동을 잘 해 낸 것이 놀라울 뿐 입니다.

더욱 미디어에 더 노출시킬 필요가 있었습니다. 알게 하는 일. 즉

한 사람이라도 더 많은 사람에게 알리는 것이 중요합니다.

거세게 밀려오는 파도와 같은 나날이 계속되었습니다.

우오 씨의 소개로 아사히신문에서 취재를 해갔습니다. 차분한 여성기자가 대안학교의 수업풍경을 견학하고 활동 내용을 열심히 취재했습니다.

얼마 지난 후인 토요일 아침에 그녀에게서 전화가 왔습니다.

"많이 기다리셨습니다. 오늘 석간에 게재됩니다."

너무 바빠서 취재해 갔던 것도 잊고 있었습니다.

그날 석간신문을 보고 깜짝 놀랐습니다. 세상에나 1면 톱기사입니다.

"수어로 수업, 드디어 찾은 길"이라는 헤드라인 글씨도 아이들의 칼라사진도 커다랗게 실렸습니다.

이 기사는 나중에도 우리의 활동을 받쳐주는 큰 힘이 되었습니다.

미디어에서 다루어지는 것은 수많은 사람들에게 활동을 알리는 것뿐만이 아니라 제3자의 평가로서 사회적 신용에도 연결이 됩니다.

나아가, 기부활동의 시작과 끝을 매일 블로그에 올리는 일도 계속했습니다. 일본재단이 만든 공익 커뮤니티 사이트 'CANPAN 센터'가 관리운영을 하고 있는 'CANPAN 블로그'를 이용해서 모인 기부금액부터 가두모금이 행해진 장소, 일상의 사무작업까지 하여튼 활동의 모든 것을 상세하게 계속 올렸습니다. 이 블로그가 '제2회 CANPAN 블로그 대상'의 교육상에 선정되자, 강연이나 취재의뢰가 더욱 늘어났습니다.

물론 강연이나 연구회 등에서의 '1분 프레젠테이션'은 착실하게 계속해 나갔습니다.

응원단인 우오 씨에게서 들은 "사람은 세 번 만에 겨우 행동으로 나서는 법"이라는 조언을 곱씹어가면서 부탁하고, 부탁하고, 또 부탁했습니다.

물론 감사, 감사, 감사를 잊지 않고.

"세 번째에 행동을 취한다."라는 것은 예를 들면 이런 것입니다.

농교육을 전혀 몰랐던 사람이 자기 집 우편함에 들어있던 전단지를 보고 "농학교에서 수어로 가르치지 않는구나."라고 처음 알게 됩니다. 우선, 알게 되는 것부터 시작합니다.

다음엔, 신문기사를 보고 "일전에 전단지에서 본 활동이 신문에서 취급되고 있네."라는 생각을 하게 되고, 머리에 각인이 됩니다. 그리고 가두모금 활동을 보게 되면 "이런 곳에서 애쓰고 있네." 라고 공감이 되면서 "기부하자"라고 행동으로 나서게 된다는 것입니다.

그렇습니다. 가능한 방법으로 사회에 알려가는 것이 중요합니다.

세 번째의 접점을 적극적으로 만드는 노력을 빼놓을 수가 없습니다.

미션은 아이들 미래

오랜 기간 활동을 하다 보면 차례차례로 눈앞에 가로막고 서 있는 어려운 문제를 풀어내야 한다는 생각이 강해서 자칫 목적과 수단을 혼동해 버리는 경향이 있습니다.
예를 들면 우리들의 활동목적은 '농아동의 가능성을 높일 수 있는 최선의 교육장소를 만드는 일'입니다.
그리고 나아가서는 앞으로의 미래에 '농아동이 자신의 힘을 발휘해서 활약할 수 있는 밝은 사회, 밝은 미래를 만드는 일'입니다.

'듣지 못하는 것은 불행한 일, 불쌍한 것'이라는 마이너스 가치관을 「수어로 말하는 '눈으로 듣는 사람'」이라는 플러스 가치관으로 전환해서 각양각색의 개성을 가진 다양한 사람들과 함께 살아가는 사회가 당연하다고 누구라도 그렇게 생각하는 사회를 만드는 일입니다.
지원해 주시는 사람들, 기부해 주시는 사람들은 듣지 못하는 아이들을 불쌍한 아이라고 동정하는 것이 아니라 아이들의 미래를 응원하고 있는 것입니다.

우리들은 미션을 가슴에 새기면서 감사를 잊지 않고 먼 미래를 바라보며 활동을 매일 매일 계속해 나갔습니다.
2007년 1월 말에 기부활동을 시작했는데, 기한인 8월이 채 되지 않아 드디어! 목표금액 4,500만 엔(약 4억 5천만 원)을 모을 수 있었습니다.

꿈속에 까지 나타났던 학교입니다!

수어로 배운다는 꿈꾸던 학교가 꿈이 아니라 실현이 될 날이 가까워졌습니다.

쭉 꿈꿔왔던 학교가 드디어 생긴다!

"만세!"

외치지 않을 수가 없습니다.

최종적으로 모인 기부금은 7,600만 엔(약 7억 6천만 원)이나 되었습니다.

"많은 분들이 해주신 소중한 기부는 아이들이 반드시 미래까지 가지고 갈 것입니다. 진심으로, 정말로 고맙습니다."

컴퓨터 앞에서 감격에 젖어있는데,

"엄마, 다녀왔습니다. 배고파, 오늘 저녁밥은 뭐야?"

한창 먹을 나이인 9살이 된 히로가 돌아왔습니다.

"어서 와! 뭐든지 히로가 좋아하는 걸로."

"와우! 초밥 먹고 싶어."

"그건 다음 기회에."

계속하는 것이 힘이다.

그렇다고 해도 기나긴 시간이 걸렸습니다. 포기하지 않아 다행이다.

마이너스를 플러스로 바꾸고, 분하고 억울함을 힘으로 바꿔서 살아 온 8년의 나날이 갑자기 그리워지는 것 같은 생각이 듭니다.

제 5장 꿈꾸던 학교

'메이세이학원'의 탄생

2007년 10월 31일.
드디어, 학교법인 기부행위 허가와 학교설치 허가의 모든 서류가
구비되었습니다.
이 서류들을 쌓아놓고 보니 깜짝 놀랐습니다.
세상에 50센티미터나 되었습니다.
전에 상담하러 갔을 때 "신청서류는 20센티 정도 될 거예요"라는
소리를 듣고 얼굴이 파래졌었던 날을 떠올렸습니다.
그것을 능가하는 50센티나 되는 서류의 양은 실로 넘고 넘어온
벽이 많았음을 말해주고 있습니다.
"이 서류의 양을 보고 있으니 한층 더 감정이 벅차네."
스텝 모두 제 각각 지나온 기나긴 날들을 떠올리면서, 잠시 산처
럼 쌓인 이 서류더미를 바라보고 있었습니다.

12월 20일, 도쿄도(都) 청사에서 인증서 교부식이 있는 날입니다.
나는 이사장이 되는 요나이야마 아키히로(米內山 明宏) 씨와 이
사인 기무라 하루미(木村晴美) 씨와 함께 식에 참석했습니다.
"내가 죽기 전에 수어로 배우는 학교가 생길 줄은 생각도 못했다.
이제부터는 농인과 청인이 아니라 모두 같은 인간으로서 살아갈
수 있는 시대가 되었으면 좋겠다."
방송국과 인터뷰 하는 요나이야마 씨의 눈에 눈물이 맺혀 반짝거
리는 것을 발견했습니다.
이 두 사람이야말로 수어로 배울 수 있는 학교를 끊임없이 꿈꿔

왔던 것이 틀림없습니다. 나보다 몇 배나 더 긴 세월동안…….
"포기하지 않으면 꿈은 이루어진다."
존경하는 두 사람의 농인과 함께 교부식에 참석하게 되어서 정말 잘됐다고 생각했습니다.
거리에는 크리스마스 조명 장식이 여기저기에서 크리스마스 캐럴 송이 들려왔습니다. 마치 '메이세이학원'의 미래를 축하해 주고 있는 것 같았습니다.
청사에서 돌아오는 길에 신주쿠 거리를 걷는데 막 뛰어오르고 싶을 정도였습니다.

자, 드디어 개교식이 4월입니다.
설날 기분이 아직 남아있는 2008년 연초부터 학교건물 준비에 돌입하였습니다.

시나가와구(區) 야시오 단지의 한쪽에 있는 구 야시오키타초등학교가 '메이세이학원'으로 새롭게 탄생합니다. 아동 수의 감소로 통폐합이 된 학교입니다.
수어로 말하는 눈으로 듣는 아이들이 다니는 학교입니다. 학교 수업 종이나 화재경보기와 연동이 되는 전광 지시등, 엘리베이터, 스프링클러에 휠체어가 들어가는 화장실 부스…….
하나하나 우리가 제안하고 조정하고 확인해 가면서 실현시켜갑니다. 그렇게 힘든 작업도 '꿈꾸던 학교의 실현'을 위한 거라고 생각하면 자연히 얼굴에 웃음이 띠어졌습니다.

학교장은 오랜 기간 '다쓰노코학원'을 취재하고 쭉 응원해 준 언론인 사이토 미치오 씨로, 이사장인 요나이야마 씨 이하 전원 일치로 찬성했습니다.

처음에는 '농인이 맡아야 하는 것 아닌가요'라며 고민하다가 큰 바다를 향해 나서게 된 작은 배의 키잡이 역할을 흔쾌히 받아 준 사이토 씨. 일본에서 제일 힘들고 급여도 낮은 교장이 탄생했습니다.

'메이세이학원' 공식 홈페이지에는 아이들의 생기 넘치는 모습의 사진이 많이 게재되어 있습니다. 어쩜, 그 사진은 전부 사이토 교장 선생님이 촬영한 것입니다.

그 사진 한 장 한 장을 보면 사이토 교장 선생님의 생각이 전해져 오겠지요. 누구보다도 이 아이들의 매력에 빠져 포로가 되어버린 사람은 틀림없이 사이토 교장 선생님 입니다.

사이토 교장 선생님 뿐만 아니라 누구라도 이 아이들의 표정을 보고 있으면 응원해주고 싶겠지요.

2008년 4월.

나는 히로와 '메이세이학원' 개교식에 출석했습니다.

히로가 고도난청이란 진단을 받은 지 8년. 1세 9개월이었던 히로는 5학년이 되어있습니다.

"축하합니다."라며 응원해 주신 많은 분들이 달려와 주셨습니다.

아이들의 미소 띤 얼굴, 일본수어를 모어로 하는 농인 선생님과 농문화를 존중하는 청인 선생님의 흡족한 얼굴.

개교식은 따듯한 분위기에 둘러 쌓여있습니다. 함께 걸어온 부모들은 서로 웃음 띤 얼굴로 열심히 분발해 왔음을 서로 칭찬했습니다.

"아주 애썼어요. 정말 감사합니다."

식이 시작되고 나는 체육관 제일 뒤에 혼자 서있었습니다. 흘러내리는 눈물을 들키지 않으려고.

"자, 지금부터의 주역은 여기서 배우는 아이들."

어떤 학교생활이 기다리고 있을까요.

이 아이들과 선생님이 같이 메이세이학원의 미래를 만들어간다고 생각하니 가슴이 두근두근합니다.

수업이 시작된 지 얼마 지난 어느 날, 히로의 담임인 가야(榧) 선생님이 이런 말을 했습니다.

"나도 초등학생으로 돌아가서 이 메이세이학원 학생이 되고 싶다. 아이들이 부럽다!"

선생님 스스로도 어린이로 되돌아가서 입학하고 싶다는 학교. 농인 선생님들에게도 어린 시절부터 쭉 꿈꿔오던 학교인 것입니다.

메이세이학원.

모두가 함께 만든 꿈꾸던 학교가 드디어 출발했습니다.

매일 씩씩하게 통학하던 히로가 어느 날 예정된 하교시간이 지나
도 돌아오지 않는 것입니다.

"벌써 5학년이니까 도중에 친구들하고 놀고 있겠지."라며 별 신
경을 쓰지 않고 있었는데, 그러나 역시 늦습니다. 시계를 몇 번씩
이나 보며 안절부절못하고 있는데 하아 하아 숨을 헐떡거리며 돌
아왔습니다.

"뭘 하느라 이제 와!"

"정신차려보니까 내가 버스가 쭉 늘어서 있는 넓은 주차장에 있
는 거야."

"넓은 주차장?"

학교에서 오오모리역으로 가는 버스를 타고(여기까지는 늘 하던
대로) 뒤에서 두 번째 자리에 앉아 가방을 내려놓은 순간 잠이 들
었다는 것입니다.

종점에 도착한 운전기사가 고개를 돌려 뒤쪽을 대충 점검했는데
의자 위에서 웅크리고 자고 있는 아이를 못 본 채 그대로 차고지
로 가서 내렸다는 겁니다.

느긋한 히로는 푹 잔 후에 눈을 떴는데 아무도 안 보여서 시계를
보니 한 시간 반이나 경과했다고 하니 어이가 없습니다.

운 좋게 문이 열려 있어 뛰어내려서 보니 전에 야구시합을 하러 왔
었던 운동장이 보였기에 거기서부터 걸어서 왔다는 얘기입니다.

아이구야, 지금부터 앞일이 훤히 보이네.

자, 다음은 중학교

메이세이학원이 개교하고 휴우 안심한 것도 잠깐.

우리는 메이세이학원 개교 다음 해인 2009년 1월에는 중학교 설립을 향해서 다시 움직이기 시작했습니다.

개교 때에 5학년인 히로와 같은 학년아이들이 중학생이 될 때까지 중학교를 만들어야만 합니다.

초등학교 때와 같이 일 년 치의 학교운영비에 상당하는 기부금모집이 필요합니다. 어림잡아 계산해보니 3,000만 엔(약 3억 원).

우리 학부형들은 또 다시 나섰습니다. 리만 쇼크가 발단이 되어 세계경제가 침체된 가운데 기업에서의 기부금은 어려울 테니 개인 기부를 중심으로 활동하기로 했습니다.

지난번과 마찬가지로 「공감할 수 있는 스토리 '수어로 배우고 싶다'」를 계속 알려나갔습니다.

"듣지 못하는 아이가 수어로 배울 수 있는 의무교육의 실현을 응원해 주세요."

"명확한 목표"는 "2009년 6월 말까지 중학교 설립을 위한 자금 3,000만 엔입니다."

물론 우리들은 어디에든지 나가서 할 수 있는 일은 무엇이든 했습니다. 가두모금, 미사용 엽서의 수집 환금(미사용 연하장과 엽서를 우체국에서 환급해 주는 제도를 이용해 NPO단체들이 모금활동으로 활용함_옮긴이 주)…….

CANPAN 블로그의 동료가 만든 '호랑이의 문 지원회'에 부탁하기도 하고, 학부형 한 명이 소속되어 있는 럭비 팀에도 부탁하고……..

미용사 컨설턴트 팀 '미용실에서부터 일본을 건강하게 하는 모임'에서 자선 강연회를 기획해 주었습니다.
캐나다인 도니 씨가 황금연휴에 도쿄에서 홋카이도까지 자전거로 달려 1Km에 1,000엔(약 1만 원)을 기부하는 스폰서를 모집하는 등을 실행에 옮겨 주었습니다.
도니 씨는 신록이 눈부신 4월 24일에 아이들의 배웅을 받으며 메이세이학원에서 출발했습니다.
5월 5일 홋카이도에 사는 농아동과 학부형 약 50명이 현수막을 들고 골인 장소까지 마중 나와 주었습니다.
럭비 맨들은 럭비시합장에서 18회에 걸쳐 모금을 해 주었습니다.

"그 꿈을 응원합니다."
"그 꿈을 같이 보게 해 주세요."

농아동과 농교육에 전혀 관계가 없는 사람들의 선의가 쌓이고 모인 결과, 6월 말 기한끼지 기부선 수 482건, 기부총액 3,500만 엔(약 3억 5천만 원)을 넘을 수 있었습니다.

금액은 물론이고 많은 분들이 찬동하며 응원해 주었던 것에 감사합니다.
"진심으로, 정말로 고맙습니다."

매스 미디어가 전하는 것은 사건, 사고, 경제침체나 사회불안 등
어두운 화제뿐입니다. 이번 활동을 통해서 우리들은 한 조각의
희망을 모을 수가 있었습니다. 꿈꾸는 미래를 확신할 수 있게 되
었습니다.
세상에는 좋은 일이 많이 있습니다.
사람들의 선의가 흘러넘치고 있습니다.

자립심 왕성한 초등학생

들을 수 있는 가족 중에 혼자만 듣지 못하는 아이로 태어난 히로이지만, 왜 그런지 장난꾸러기로 사람과의 관계를 무척 좋아하는 자립심 왕성한 아이로 자라났습니다.

5학년에서 6학년으로 진급하는 봄방학 동안에는 겨울방학 때 알게 된 오비히로에 사는 데프 패밀리(deaf family, 가족 모두가 농인)의 집에 혼자서 놀러갔습니다.

처음 홋카이도에 여행 갔을 때와 달리 항공사 직원의 도움도 없이,

"곤란한 일이 생기면 필담으로 할 거니까 괜찮아요."

일반 탑승객과 마찬가지로 혼자 갔다가 혼자 돌아왔습니다.

히로는 보통 때도 처음 가는 곳이라도 주눅 드는 법이 없이 혼자 외출합니다.

형인 가이토가 오히려 "히로야, 같이 가자."고 할 정도입니다.

가이토를 야단칠 때는 금방 욱해져서 바로 기분대로 말을 해버리게 됩니다. 꽤 감정적으로 될 때도 있습니다.

그러나 히로를 야단칠 때는 먼저 머릿속으로 정리를 한번 해서 수어로 변환시키지 않으면 안 됩니다.

상대가 가이토라면 등 뒤에서 말을 거는 일도 일상다반사입니다.

옆방에서 큰소리로 말을 걸 때도 있습니다.

"숙제 다 했니?"

"언제까지나 텔레비전만 보고 있지 말고 빨리 욕조에 들어 가."

"잠깐 장 보러 갔다 올 테니까 집 잘 보고 있어."

하지만 대화 상대가 듣지 못하는 히로의 경우는 반드시 앞으로 가서 눈을 보면서 수어로 얘기하지 않으면 전달이 안 됩니다. 시각언어인 수어는 눈으로 읽어내는 말이기 때문입니다.

청인끼리라도 눈을 보면서 말하는 것은 매우 중요한 것입니다.

그러나 우리는 들을 수 있기에 보통은 별 신경을 쓰지 않고 지내는 것입니다.

나는 듣지 못하는 히로와 말할 때는 언제나 정면에서 아이의 눈을 보고, 게다가 감정이나 생각을 논리적으로 변환시킨 후에 수어로 말을 걸었습니다.

가이토에게도 이런 식으로 해야 한다는 것을 알고는 있지만…….

"미안해, 가이토."

결과적으로 수어로 아이를 키우는 편이 같은 인간으로서 서로를 제대로 대할 수 있게 됐는지도 모릅니다.

온순하고 좀 신중한 첫째에 비해 어깨에 힘을 살짝 뺀 느낌으로 성장한 둘째 쪽이 어떤 환경에도 살아나갈 수 있을 것 같은 기분이 듭니다.

여기에서도 또 마이너스가 플러스로 바뀌었습니다.

앞길에는

중학생이 된 히로. 지금은 야구에 빠져있습니다. 들을 수 있는 아이와 같이 볼을 쫓아가기도 하고 스스로 투수를 하겠다고 나서기도 합니다.

4학년 때 "아. 이. 우. 에. 오. 라고 말해봐."라고 놀림을 당해 한때 그만 두었던 야구팀에 6학년 때 복귀했습니다.

한번 그만 두었었지만 아무래도 야구가 하고 싶었던 히로는 부모도 모르는 사이에 코치와 교섭을 했던 모양입니다. 히로의 마음을 안 코치와 팀 친구들 모두 진심으로 복귀를 환영해 주었습니다.

"출산을 걱정하는 것보다 실제 낳는 것이 쉽다.(막상 해 보면 쉽다_옮긴이 주)"

역시나 시간이 해결 해주었습니다.

무엇보다도 아이 자신이 스스로 하고 싶은 일을 찾아서 행동으로 옮겨 손에 넣은 기회입니다.

벌써 두 아이들이 나보다 훨씬 키가 커졌습니다.

히로가 남편의 키를 넘어서는 것은 시간문제이겠죠.

수도 고속도로를 자동차로 달릴 때마다 옛 생각을 떠올립니다.

히로가 1세 9개월이었을 때 고도난청이라는 진단으로 충격을 받고 친정 부모님 앞에서 쓰러져 울던 날을.

조수석 베이비시트에서 새근새근 자고 있던 히로. 이대로 가속 페달을 밟고 죽고 싶다고 생각했던 날을.

그럴 때마다 집에서 기다리는 가이토의 얼굴이 떠올라 그런 생각
을 버렸던 날들을.

그때로부터 10년, 이제 아이들 둘이 품을 떠날 날이 그리 멀지 않
았겠지요.

반항기도 올 테면 와라

5학년 때 극심했던 반항기도 지나고 중학교 3학년이 된 가이토는 제법 어른스러워졌습니다. 히로와의 관계도 양호합니다. 동생이 듣지 못하는 것도 당연한 일이라고 받아들이고 있습니다.

가이토에 비해 히로가 약간 어린 듯합니다. 지금까지 반항기 같은 반항기는 없었던 것 같은데 이제부터 진짜 반항기가 확하고 올지도 모릅니다.

초등부 졸업이 가까워졌을 때,

"지금 팀에서 농은 나뿐이야. 농인만의 야구팀을 만들고 싶어."라고 말한 적이 있습니다.

역시 청인 속에서 오로지 혼자만이 듣지 못하는 히로가 참가하고 있는 야구팀에서 그 아이 나름대로 뭔가를 느꼈겠지요.

'전국 농아동을 둔 부모회' 회장 오카모토씨의 딸도 고등학생일 때 꽤 심한 반항기가 있었습니다. 내가 알고 있던 그 딸은 외동으로 느긋한 성격의 아이였습니다. 히로와는 나이 차가 있었지만 사이가 아주 좋아서 마치 사촌형제 같았습니다. 그런 딸이 오카모토 씨를 상당히 힘들게 했다니 놀랐습니다.

"쉽지 않아요. 내 아이인데도 미워죽겠어요, 정말로."

딸의 반항기 때의 상황을 얘기해 주던 오카모토 씨는 잠시 생각하더니 말했습니다.

"그래도 반항기가 있어서 아이도 부모도 자립할 수 있는 지도 모르지요."

초등부 고학년 때 메이세이학원 선생님한테 자주 들었던 말이 있습니다.
"히로는 친구힌데 뭐라고 말을 들어도 되갚으려고 안 해요. 보고 있으면 답답할 정도로."
계속 투쟁해 온 모습을 보고 자란 히로는 놀라울 정도로 평화주의자가 되었습니다.
함께 활동을 해온 하세베 씨는 "부모가 반면교사가 됐는지도 모르죠."라며 쓴웃음을 지었습니다.
분명 우리들은 쭉 투쟁해 왔으니까 그 아이는 그 나름대로 부모의 모습을 보고 자랐다는 것일까요.

그런데, 초등부 6학년 수업참관에서 집에서는 볼 수 없었던 히로의 의외의 모습을 보고 깜짝 놀랐습니다.
메이세이학원은 여러 가지 규칙을 아이들 스스로 정해놓고, 지키지 않으면 자기들끼리 납득이 갈 때까지 끝까지 토론합니다.
"오늘의 의제는 형법 2조입니다."
초등부 1학년부터 6학년까지 전원이 참가하는 '어린이 의회'에서 사회를 맡은 아이가 말했습니다.
"복도에서 뛰지도 않았는데 경찰에 벌금을 냈다는 안건이 들어와 있습니다."

아마도 형법 2조는 "복도에서 뛰지 않는다. 뛰면 벌금 10엔(약 100원)"인 것 같습니다. 경찰관 중의 하나인 히로가 손을 들고 앞으로 나왔습니다.

"언제, 그런 일이 일어났나요?"

한 아이가 앞에 나와 말했습니다.

"버스시간에 맞추려고 뛰었는데 벌금을 내게 되었습니다."

이어서 의견을 얘기합니다.

"복도에서 뛰면 벌금 10엔은 비싸다고 생각합니다."

"충분한 이유가 있을 때는 경찰관도 고려해 줍니다. 바로 그 장소에서 설명해 주세요."라고 말하는 히로.

"복도에서 뛰지 않는다는 규칙과 벌금도 몇 번이나 서로 토론해서 정한 것 아닙니까? 이제 와서 비싸다고 하는 건 말이 안 됩니다."

히로는 얼굴이 빨개졌지만 감정을 억누르면서 말하고 있었습니다.

부모가 모르는 사이에 이렇게 어른이 되어 있었습니다.

어떤 반항기가 와도 받아들일 수밖에 없습니다.

병원복도에서 CT검사를 앞두고 좌약을 넣고 잠자고 있는 히로를 꺼안고 맹세했었으니까.

"무슨 일이 있어도 나는 이 아이를 지키겠노라고."

일요일 점심이 지날 무렵 거실에서 선잠을 자고 있던 히로가 수어로 잠꼬대를 했습니다.

농인은 잠꼬대도 수어입니다.

"맛있는 라면집이 생기면 빨리 먹으러 가자"
반항기까지는 아직 시간이 조금 걸릴듯합니다.

캐나다 여행

2010년 10월, 히로는 캐나다 연수여행에 참가하기로 했습니다. 메이세이학원 중학부 모두 함께.

무엇을 느끼고 무엇을 얻어 올까 기대하며 보냈습니다.

동행했던 선생님들 얘기가 "겁내지 않는 것인지, 사람을 잘 따르는 것인지, 누구하고든지 금방 친구가 되네요, 히로는. 아무에게나 말을 걸어서 걱정이 될 정도예요."

캐나다 농학교 아이들과 미국수어로 자연스럽게 의사소통이 됐다고 합니다. 연수 전에 미국수어에 대해 집중 강의를 받은 성과인 것 같습니다.

선생님이 찍어 온 사진을 보면 아이들이 이번 연수를 매우 즐기는 모습이 손에 잡힐 듯 보입니다.

상당히 재미있었는지 귀국하자마자, "고등학교는 캐나다로 갈래!"라며 말을 꺼냈습니다.

"좋아, 그러면 영어공부 열심히 해야 해."

"그건 곤란한데, 영어는 서툴러서."

"영어를 못하면 수업을 따라갈 수가 없지 않겠니?"

"뭐 어떻게 되겠지."

만사태평한 아이입니다.

조금 있더니,

"만일 캐나다에 가게 되면 형은 전학해야 하나?"

"……? 형은 특별히 전학 갈 필요가 없는데. 이대로 지금 다니는 학교에 다니는 거지."

"그럼, 형은 혼자 살게 돼?"

"무슨 소리야? 캐나다에는 너만 가는 거야."

"뭐! 나 혼자 간다고?"

가족 모두 캐나다에 간다고 생각했던 모양입니다.

"세 가지 선택지가 있다고 한다면 어느 고등학교에 가고 싶어? 메이세이학원의 고등부, 혼자 가는 캐나다 유학, 또 일반 고등학교에 진학하는 거."

"일반고 갈까? 야구부가 있으니까. 전국고교 야구선수권 대회를 목표로."

중학교 3학년이 되려면 앞으로 2년, 여러 가지 경험을 하면서, 스스로 생각해서 자기 진로를 정하겠지요. 무슨 말을 꺼낸다 해도 그것을 존중하고 싶다는 생각입니다.

한발 앞서 해외에 데뷔한 동생 히로에 이어서 형인 가이토도 봄방학 때에 혼자서 영국으로 보낼까 생각하고 있습니다.

내 남동생 가족이 살고 있는 런던에는 가이토가 초등학교 3학년 때 함께 갔었습니다.

이번에는 영국의 남단 히스로 공항에서 지하철을 계속 타고 가면 두 시간 정도 걸리는 곳입니다.

남동생 집까지 무사히 찾아갈 수 있을지 어떨지, 신중파인 가이토라서 히로 때보다 더 두근두근 할 겁니다.
하지만 솔직히 말해 걱정이 돼서 위가 아플 지경이 되는 건 나일 겁니다.

어느 사인엔가 둘 다 씩씩하게 성장했습니다.
둘의 손을 잡고 다카다노바바에 있는 다쓰노코학원에 다녔던 날들이, 마치 어제 일처럼 느껴집니다.
아이들을 키우면서 메이세이학원 설립에 분주했던 나날, 사방이 막혀서 몇 번이나 포기하려고 했던 날의 일들이 그리워집니다.

천신제(天神祭)

2010년 11월20일. 오늘은 '제3회 천신제'입니다.
'천신제'는 아이들이 생각해 낸 메이세이학원의 축제 이름입니다.
농아동은 천 명에 한 명 태어난다고 합니다.
'천신'이란 천 명에 한 명.
"자기들은 신에게 선택된 천 명 중의 한 명이다."라는 의미라고
합니다.

초등부 저학년 아이들의 연극은 '백설 공주'입니다.
그런데 왜 그런지 난쟁이가 8명. 게다가 백설 공주는 초 말괄량
이. 아이들이 스스로 각색한 이야기입니다.
열심히 연습한 성과를 발표합니다.
음악도 목소리도 없습니다.
조용한 무대 위에서 수어를 사용해 풍부한 표현으로 연기하는 아
이들은 선생님과 함께 만든 의상을 입고 자랑스럽게 뽐내고 있습
니다.
꽈당!
얌전하게 걷고 있던 백설 공주가 쓰러져버립니다. 물론 사고가
난거지요.
공연장 안이 웃음바다가 됐습니다.
그리고 커튼 콜.
공연장에는 '수어박수'가 울려 퍼지고 있습니다.
모두가 일제히 손을 위로 들고 반짝반짝 작은 별을 노래하는 것

처럼 손을 흔들고 있습니다.

"모두 최고!'

나도 모르게 외치고 싶어집니다.

아이들의 연기를 조마조마 두근두근 지켜보던 선생님들도, 엄마들도, 아버지들도 정말 기뻐합니다.

물론 연기를 마친 아이들의 웃는 얼굴도 "수어박수"에 지지 않을 정도로 반짝반짝 빛나고 있습니다.

드디어 히로와 히로 친구들의 중학부 차례입니다.

"초등부에 지지 않는 중학생다운 연기를 할 수 있을까?"

중학생이 하는 연극은 "마지막 수업"입니다.

때는 1870년 소위 보불전쟁으로 프랑스와 프로이센을 중심으로 하는 독일연방이 싸우고 있던 때입니다. 프랑스 국경에 있는 알자스지방은 이 전쟁에서 졌기 때문에 프로이센에 점령당해 수업 시간에 프랑스어 사용이 금지당합니다. 프랑스어를 가르치고 있던 선생님이 학교를 떠나기 전 마지막 수업에서 전달하고 싶었던 것은?

언어를 빼앗긴 슬픔이나 불합리가 그려져 있는 이 "마지막 수업"이라는 소설을 농학생들이 스스로 연출하고 연기했습니다.

겉으로 드러난 대사는 없었어도, 거기엔 1세기 가까이 수어가 금지되어 왔던 농인들의 마음이 숨겨져 있는 것을 알았습니다.
메이세이학원이 개교했을 때 5학년이었던 최고학년 아이들. 이 아이들이 중학부 1학년이 되어 이런 주제를 선택하고 연기를 하게 됐다니 한층 더 감격스럽습니다.
이렇게 신에게 선택받은 아이들이 서로 다른 개성을 가진 사람들과 함께 꿈 꿀 수 있는 희망에 찬 사회를 만들어 가고 싶습니다.
이것이 우리 부모들의 소망입니다.

메이세이학원 아이들뿐 만이 아닙니다.
누구라도 꿈을 꿀 수 있는 사회.
이것을 만드는 것은 우리들 한 사람 한 사람입니다.
포기하지 않으면 꿈은 이루어진다.
반드시.

이 날, 초등부 저학년, 초등부 고학년, 유치부, 중등부 아이들의 발표가 끝날 때마다 공연장인 체육관은 반짝반짝 빛나는 별처럼 '수어박수'가 울려 퍼지고 있었습니다.

언제까지나, 끝도 없이…….

맺으며

둘째인 히로가 1세 9개월 때 고도난청이라는 진단을 받았습니다. 일본수어로 아이를 키우는 것을 선택해 '전국 농아동을 둔 부모회'를 만들었습니다. 대안학교를 NPO법인으로 만들고, 일본에서 유일한 '수어로 배울 수 있는 사립농학교'를 설립했습니다.

문장으로 하면 불과 세 줄 밖에 안 되는 일입니다. 그러나 그동안에 얼마나 많은 사람을 만나, 그 친절함을 접하고, 가슴 떨며 감사했는지요.

언제가 지인이 재미있는 얘기를 했습니다. "일본 어딘가에 이치로(일본 출신 메이저 야구선수_옮긴이 주)보다 야구를 잘하는 숨은 고수가 있다."라고.

야구계의 슈퍼스타 이치로 보다 야구 센스가 더 좋은 숨은 고수가 있는지도 모른다는 것입니다. 그 이치로도 부모의 사고방식이나 학교 선생님, 감독, 코치, 친구 등과 같이 셀 수 없는 많은 사람들과 만나고 그들의 뒷받침에 의해 지금이 있는 거라고.

거꾸로 생각하면 부모의 생각이나 만나는 사람에 의해 재능을 발전시키지 못하는 사람이 일본 안에 많이 있다는 것입니다.

우리들은 꿈이나 목표를 언제나 '언어'로 표현해 왔습니다.

'언어'로 표현한 대부분이 달성되었습니다. 그것은 '언어'로 나타냄으로써 주위 사람들이 응원자가 되어주기 때문입니다. 물론 우리들도 힘껏 노력을 했습니다. 그 의지를 보고 또 응원해 주는 사람이 늘어난 것입니다.

'꿈은 이루어지는 것'이 아니고 '꿈은 이루어 가는 것'이라는 것을 알게 되었습니다.

꿈이나 목표를 가지고 계신 분은 함께 가는 사람을 소중하게 여겨주세요. 동료는 보물입니다. 동료와 응원해 주는 사람이 있으면 어쩌다 목표를 달성하지 못해도 그 과정은 다시없는 좋은 경험이 되겠지요. 그러니 동료와 함께 기쁜 일뿐만 아니라 고통도 같이 나누세요. 우리들은 그 순간순간을 충분히 즐겼던 것 같습니다.

"이 벽, 어떻게 하면 넘을 수 있을까?"

밀어붙여도 안 되면 당겨본다. 거꾸로 서서 본다. 두드려 본다. 열을 가하다 보면 녹을 지도 모릅니다. 때로는 그 벽에다 "어떻게 하면 좋을까요?"하고 물어보는 것도 좋을 것 같습니다.

지금, 특별한 꿈이나 목표를 찾지 못한 사람은 누군가의 꿈이나 목표로 가는 길을 함께 걸어보지 않겠습니까? 그곳에는 놀라운 체험이나 지금까지 없었던 만남이 있을 것입니다. 응원한다는 입장을 넘어서 벽이 움직이면서 이해의 폭이 넓어지는 모습에 흥분되고, 꿈이나 목표를 달성했을 때의 기쁨과 충실감을 내 일처럼 느낄 수 있을 것입니다.

2011년 1월, 히로는 13살이 되었습니다.

우리의 목표는 듣지 못하는 아이가 자기답게 살아가고, 자기의 능력을 마음껏 발휘하고, 그 능력을 정당하게 평가해 주는 사회를 만드는 일입니다. 그것은 모든 사람이 자기답게 살아갈 수 있으며 자신의 능력을 마음껏 발휘해, 그 능력을 정당하게 평가해 주는 사회이기도 합니다.

메이세이학원 설립을 응원해 주신 분들, 기부해 주신 분들 모두에게 진심으로 감사하고 있습니다. 또 이 책을 사 주신 여러분에게도 감사의 말씀을 드립니다. 이 책의 인세는 BBED(Bilingual Bicultural Education Center for Deaf Children, 이중언어 이중문화 농교육 센터)에 기부하여 농아동의 밝은 미래를 만들기 위한 일에 활용하도록 하겠습니다.

그래서 우리 부부의 활동을 끊임없이 지원해 주신 일과 환경학회의 센다 미쓰루(仙田滿) 이사장, 오자와 기미코(小澤紀美子) 회장, 쿠메(久米)섬유공업의 쿠메 노부유키(久米信行) 사장, 디지털미디어평론가 아사쿠라 레이지(麻倉怜士) 씨, 정치 저널리스트 가쿠타니 코이치(角谷浩一) 씨, 착실하게 힘써온 남편의 사회활동에 사장 상을 주신 NTT데이터의 야마시다 토오루(山下徹) 사장……. 다 쓸 수 없을 정도로 많은 분들의 이해와 뒷받침이 있었기에 여기까지 달려올 수가 있었습니다. 대단히 감사합니다.

여러분 덕분에 '포기하지 않으면 꿈은 이루어진다.'라는 것을 아이들에게 보여줄 수가 있었습니다. 메이세이학원을 졸업하는 아이들이 어떤 꿈을 찾고, 어떤 어른이 되어, 어떤 사회를 만들어갈까? 지금부터 쭉 지켜봐 주시고, 응원해 주십시오.

일본 최초의 수어로 배울 수 있는 농학교 '메이세이학원'의 개교
는 최종목표가 아니라 하나의 시작입니다. 도쿄에 있는 메이세이
학원에 다닐 수 없는 농아동도 일본 안에 많이 있습니다. 일본 안
에는 수어로 가르치고 싶은 부모들이 있습니다. 일본수어로 배우
고 싶은 아이들이 있습니다.

여러분께 받은 진심 어린 기부를 미래로 전달하는 것은 이 아이
들입니다. 아이들 스스로의 손으로 미래의 문을 열어나가겠지요.
농아동을 자식으로 둔 우리들은 정말로 행복한 사람입니다.

2011년 새봄 도쿄에서
다마다 사토미(玉田さとみ)

지은이 다마다 사토미(玉田さとみ)

1962년 도쿄출생.
일본여자체육대학 졸.
TBS정보 캐스터를 거쳐 방송작가.
1999년 둘째 아들이 농아동으로 진단
받은 것이 계기로 일본 농학교의 현실을
알게 되어 '전국 농아동을 둔 부모회'를
설립.
2003년에 농·대안학교 '다쓰노코학원'
의 NPO 법인화를 지원.
70년 이상 수어가 금지되었던
일본 농교육계에서 수많은 벽을 넘어
2008년 4월, 도쿄도(都) 교육특구로
'일본 최초! 농아동을 일본수어로 교육
하는' 학교법인 메이세이학원을 설립.
모은 기부금은 약 1억1천만 엔(약 11억
원). 일본 NPO 자금조달에 하나의 사례
를 남겼다.
이 책으로 제6회 어린이 미래상 수상
닛케이 우먼 '올해의 여성(Woman of
the Year) 2009' 리더 부문 입상

· 방송작가
· NPO 법인 이중언어·이중문화 농교육
  센터 사업총괄 감독
· 학교법인 메이세이학원 이사
· 전국 농아동을 둔 부모회 부회장
· NPO 법인 오오타 시민활동추진기구
  대표이사
· 합동회사 VALN 대표사원

옮긴이 최영란

대학 졸업 후 고등학교에서 학생들을
가르치다 가족과 일본으로 건너갔다.
몇 년간의 일본생활 속에서 한국과
일본의 역사 흐름의 중요성을 자각하고
일본어 공부를 열심히 하였다.
역사 및 일본인의 의식, 생활관습 등
많은 부분을 공부하고 귀국한 후 한국의
문화와 전통을 한국을 방문한 일본인들
에게 알리는 활동을 하고 있다.
현재 박물관에서 일본어 도슨트와 서울시
문화 관광해설사로 활약하고 있다.

감수자 곽정란

대구대학교 대학원에서 언어·청각
장애아교육을 전공했다. 일본 교토에
있는 리츠메이칸대학교 대학원에서
언어권에서 본 이중언어농교육에
대한 학제간 연구로 박사학위를
받았다. 쓴 책으로는 일본에서 출판한
《일본수어와 농교육: 일본어능력주의를
넘어서》(생활서원, 2017)가 있다.
국립국어원에서 발간한 한국수어교원양
성 교재 《한국 농사회의 이해》와 《농문
화와 농사회》집필에 참여했다.

수어로 키우로 싶어
小指のおかあさん

2020년 12월 3일 제1쇄 발행

지은이	다마다 사토미(玉田さとみ)	Koyubi no Okasan
옮긴이	최영란	
감수자	곽정란	Copyright © 2011 by Satomi Tamada
		All rights reserved.

발행인 안일남

발행처 사단법인 영롱회

서울시 강남구 양재대로 55길 6
(일원동, 수서1단지아파트상가
204호)

www.youngrong.or.kr

전화 02-3411-9561

팩스 0505-799-0691

디자인 유주연

www.jyapt.com

펴낸곳 건강과생명

서울시 종로구 대학로 7길
7-4 1층

전화 02-3673-3421

팩스 02-3673-3423

ISBN 978-89-86767-54-4

First published in Japan in 2011 by POPLAR
Publishing Co., Ltd.

Korean translation rights arranged with
POPLAR Publishing Co., Ltd.

through JM Contents Agency Co.

Korean edition copyright © 2020 by
Youngrong Association, Jp